ROJO

Pablo Poveda

ISBN-13: 978-1978343313
ISBN-10: 1978343310

Portada y diseño por Pedro Tarancón

“Si quieres que tu secreto sea guardado, guárdalo tú mismo.”

Séneca

A ti que me lees, que lo haces posible

1

Para él, no existía peor olor que el de las mañanas de invierno. Una niebla tóxica le impedía ver más allá de la punta de sus botas de piel negra. Agarró un paquete de Fortuna arrugado, sacó un cigarrillo y se lo puso entre los labios. Después lo prendió y respiró hacia dentro. Lo que había comenzado como un remedio, terminó convirtiéndose en un hábito. Y es que, en aquellos años, Cartagena no era una ciudad para todos. Las fábricas de azufre convertían el aire de la ciudad en una cortina blanca que olía a huevos podridos y enrojecía los ojos de los que salían de sus casas.

Abandonó el portal de su residencia en la calle Carlos III y caminó hacia la esquina en dirección al Club Santiago, un club de ocio para los militares que vivían allí. Iba de paisano, con vaqueros, jersey negro y una chaqueta de cuero marrón. El Lorenzo intentaba abrirse paso entre las nubes de polución. Dio unos pasos y miró a la acera que había al otro lado, junto a una peluquería de señoras que mostraba un toldo rosa. Aparcado, se encontraba su Citroën BX 19 GT de color rojo, como su segundo apellido. Tenía cinco años, se lo había comprado a un oficial. Miró a su alrededor y encontró a los vecinos del barrio, anónimos y conocidos, de camino a sus puestos de trabajo, si es que todavía los tenían.

A sus treinta y un años, ya se había convertido en un inspector de la Policía Nacional. Eran otros tiempos, donde las cosas funcionaban a distintas velocidades. Francisco Vicente Rojo no tenía miedo, a diferencia de algunos de sus compañeros. Dos años antes, la banda terrorista ETA había atentado en la ciudad contra el cuartel de la Guardia Civil. El famoso comando Vizcaya había explosionado un coche cargado de amonal. No hubo fallecidos, aunque el ataque fue suficiente para sembrar el pánico y las dudas entre la gente.

A partir de entonces, los agentes que protegían y servían al Estado, también debían cubrirse las espaldas. Volvió a contemplar el vehículo. Le habían advertido que observara los bajos antes de subir en él. No se sabía cuándo podían ser los siguientes.

Víctimas de una bomba lapa.

Rojo odiaba aquel estado de psicosis general. El único modo de combatirlo era a través de la rutina.

Continuó en línea recta introduciéndose en la neblina hasta llegar a la puerta del bar Dower's. Pese al invierno, que más que frío era húmedo, las ventanas permanecían abiertas. Cruzó la entrada, tiró el cigarrillo al suelo y lo aplastó con la suela de la bota. El Dower's era un bar de barrio mugriento de clientela fija y ruidosa. Un lugar para quien se atreviera a entrar. Un bar tanto de hombres como de mujeres, en el que la suciedad era bienvenida: servilletas, colillas pisoteadas, huesos de aceituna, cáscaras de cacahuete, huesos de pollo y otras restos de basura se arrinconaban a los pies de la barra. Las cafeteras no descansaban. Una máquina tragaperras provocaba los enfados de algunos. Desde una remota cocina, una nube de aceite frito aplacaba el humo de los cigarrillos que combatía la polución callejera. Rojo se acercó hasta la barra y agarró un ejemplar del periódico local. Echó un vistazo a las noticias de pasadas, que se concentraban en los despidos masivos de las fábricas de fertilizantes, la crisis económica de los años noventa y la reconversión industrial, tardía, que derivó en los expedientes de regulación de empleo de la Empresa Nacional Bazán y los cierres de la Sociedad Minera y Metalúrgica Peñarroya. Miles de personas se quedaban sin trabajo. A la calle. Un portavoz del sindicato obrero de trabajadores ocupaba media página con una pancarta de protesta. Aquellos eran los titulares que ocupaban las páginas desde hacía meses. Tanto el Gobierno autonómico como el nacional, daban la espalda a lo que sucedía. En la comisaría sabían que pronto terminaría por estallar la crisis. Era una cuestión de tiempo.

—Hombre, Rojo, ¿qué te pongo? —Preguntó Félix, dueño y camarero del bar, un hombre grueso con bigote frondoso y cabello oscuro. Era cartagenero, padre de dos hijas y madridista. Conocía a todo el barrio de vista o por amistad. Fue el primero en saber que Rojo era policía.

—Lo de siempre, un pincho de tortilla y unas salchichas —respondió el inspector—. Y un carajillo.

—¡Marchando! —Dijo el hombre, se puso el paño al hombro y caminó hacia la cocina. Aunque careciera de acento, todos sabían que el inspector no era de allí. Hijo de guardia civil valenciano y madre vallisoletana, había crecido en un seno familiar sin dejes en la dicción. Rojo pensaba que los cartageneros eran amables y simpáticos, como el resto de murcianos, hasta que se les molestaba. De pronto, una mano alcanzó el codo del oficial.

—*Acho*… —dijo una voz masculina. Rojo giró el rostro. Odiaba que lo tocaran. Después vio que se trataba de un hombre de unos cuarenta años, descuidado y delgado, con un Ducados en los labios y una chaqueta de pana. Se fijó en una de las insignias que colgaban de su pecho. Sindicatos de trabajadores. Tenía un aspecto similar al portavoz que había visto en el diario—. ¿Has *terminao*?

—Así no ganan los periodistas —respondió y cerró el diario. Luego se lo alcanzó—. Y os quejáis de los

uniformes…
—¿Qué me *ehtá* contando? —Preguntó ofendido, agarró el diario y corrió hacia el otro extremo. Rojo sonrió con desidia. Era la única forma de enfrentar aquello. Como ese hombre, muchos otros, desesperados y casi arruinados, se aferraban a las promesas de los vendedores de humo. El oficial sabía que no era una cuestión de ideas ni de políticas. El Gobierno central la había pifiado y entrar en la Unión Europea tenía un coste para todos.
El camarero sirvió el pincho de tortilla de patatas y las longanizas que había pedido. El primer sorbo de café con coñac quemó su garganta. Félix había descuidado el golpe cargándolo de más. Lo que no mataba, le hacía más fuerte, pensó Rojo.
—¿Te pongo otro? —Preguntó el empleado cuando el policía ya se había terminado el tanto. Sin tiempo a que respondiera, agarró una botella de Soberano, la destapó y rellenó la taza donde se había tomado el café. Rojo asintió a regañadientes y pensó que le ayudaría a llevar el peso de la mañana—. ¿Has visto a esos de ahí?
El policía miró a la máquina tragaperras. Félix señaló al hombre que le había pedido el diario, minutos antes, y a un grupo de voceros que fumaban, tomaban café y daban golpes con el puño sobre la mesa. Más sindicalistas calentando las barras.
—Sí —respondió y se bebió la taza de un golpe—. ¿Te dan problemas?
—Peor… —dijo y puso las manos sobre la barra interior—. Ni eso. No dan ni las gracias y gastan… Gastan, más bien poco.
Rojo se rio.
—Cóbrate —respondió y dejó una moneda de quinientas pesetas sobre la vitrina de cristal donde guardaba la comida—. Quédate con la propina, anda.
—¿Otro *tantico*?
—No, gracias —respondió el oficial y se puso en pie—. Con la sangre caliente, no se puede pensar en frío.

Se despidió con un gesto silencioso y salió del bar en dirección a su coche.

De nuevo, se imaginó a sí mismo, desde la distancia, volando por los aires en el interior de la carrocería. Agitó la cabeza para deshacerse de la imagen. Era difícil pensar que él podría ser el próximo. Cogió aire, echó un vistazo alrededor y se acercó al sedán. Luego introdujo la llave en la puerta, abrió y se metió dentro.

—¡Pero qué hostias! —Murmuró embravecido, arrancó y esperó un segundo que se le hizo eterno. De nuevo, era su día de suerte.

Puso primera, aceleró y tomó el cruce que lo llevaba hasta el paseo Alfonso XIII.

Una avenida de dos direcciones, árboles de hoja caduca a ambos lados de la calzada y una larga recta que atravesaba el corazón de la ciudad hasta la plaza de España. El descuido de las fachadas de ladrillo marrón manchadas de pintadas con aerosol, los envases de plástico tirados a la intemperie, las servilletas por el suelo. Se detuvo en la cola de un semáforo y dio una calada al cigarrillo que fumaba. Al mirar a su izquierda, encontró el muro que delimitaba un instituto público. Estaba pintarrajeado por espray. Años turbios para una sociedad asilvestrada y con necesidades. Entonces vio a un menor de edad, con una colilla en la mano, colocándosela en la boca a una de las figuras romanas que hacían relieve en la pared. Rojo se preguntó dónde estarían sus padres. Los años de represión habían dado lugar a una libertad despreocupada que, el inspector, difícilmente entendía. Por una traversura así, su padre le hubiese dado una buena bofetada, de las que producía. Justo y necesario. Quien jugaba con fuego podía terminar quemándose y, para el policía, quien tenía agallas para saltarse las normas, también las tenía para recibir la reprimenda. Continuó su camino y encendió la radio. Por los altavoces del coche francés sonaba la voz del locutor de Radio Nacional 1 Noticias. No escuchaba otra cosa. En la guantera guardaba un casete de Triana y otra con grandes éxitos del rock americano que le había grabado Gutiérrez, compañero de oficina, antiguo boina verde y bebedor activo. Ginés Gutierrez era un tipo parco en palabras que no hacía demasiadas preguntas. Eso le gustaba a Rojo, además del bigote frondoso y quemado por los cigarrillos que le daba aspecto de bandolero. Se introdujo en la rotonda de la plaza de España y miró por la alameda de San Antón, que parecía infinita, llena de edificios de ladrillo con persianas, bloques construidos con el mismo molde y repartidos por

el resto de la ciudad. Eran el resultado de las ciudades industriales, el desarrollo acelerado de éstas y la explosión de la vivienda. La plaza era amplia y tenía un parque, árboles de gran tamaño y palmeras. En el interior de los bares se podía observar la actividad de una mañana cualquiera: hombres discutiendo enfundados en chaquetas forradas de borrego y cuero negro. Tomó una salida y aparcó en la zona privada de la comisaría.
Una bandera rojigualda ondeaba en lo alto.
Levantó la mirada y sintió el sol en su rostro. Por un instante, se cuestionó si esa patria, con la que tanto se les llenaba la boca a unos y a otros, era la suya. Un asunto que no le importaba demasiado. Si había ingresado en el cuerpo era por una simple razón: el mundo estaba repartido entre buenos y malos. Él prefería estar de parte de los buenos.
Al enemigo, ni agua, repetía su padre en la mesa. Y esos eran sus valores.
Caminó hacia la fachada principal de la comisaría y cruzó el oscuro umbral de la entrada.

2

A las puertas de la comisaría, un agente novato vigilaba la entrada. La delegación olía a colonia de anuncio y perfume barato. Rojo saludó al oficial que hacía guardia en la garita y cruzó un pasillo en el que se encontró a Pomares, otro inspector, local, rubio y más alto que él. Pomares no le caía en gracia, ya fuese por la forma en cómo lo miraba o ese complejo de superioridad que manifestaba por donde caminaba. Casado y con una hija, Rojo se había dado cuenta de que le había echado el ojo, aunque se preguntaba de qué modo. Era indudable que Pomares tenía deseos por ambos sexos, un tema tabú que podía buscarle problemas dentro del cuerpo de oficiales.
—Llegas tarde, valenciano —esputó el rubio con la pistola colgada del cinto.
El rebufo de una colonia de lavanda, probablemente adquirida de oferta en un supermercado, dio de bruces en los sentidos del inspector. Pomares era un ejemplo del mal gusto. Sin embargo, que un policía se perfumara, ya era un avance.
—No necesito una secretaria —respondió de espaldas al compañero. El rubio chasqueó la lengua y se perdió. Sentado en su escritorio, el inspector Ginés Gutiérrez pasaba con desconfianza las páginas de un expediente—. ¿Leyendo la prensa del corazón?
El oficial agarró un cigarrillo que había sobre la mesa de

madera y lo colocó bajo su bigote.
—Nos van a faltar celdas para tanto quinqui —dijo con la cabeza inclinada—. La puta droga, Rojo. En qué cojones está pensando la gente joven, por Dios…
Desde la oficina se podía escuchar el auxilio de quienes llenaban el calabozo. Gutiérrez miró hacia su compañero.
—¿Otra redada en Los Mateos? —Preguntó. Gutiérrez asintió. El barrio de Los Mateos se encontraba a las afueras de la ciudad. Ocupado por familias humildes, en su mayoría, de etnia gitana, la venta de droga era una forma de subsistir. Rápido y suculento. En tiempos de crisis social, de falta de valores y desconocimiento, el consumo se disparaba. Pero la comisaría de Cartagena no tenía tiempo ni efectivos suficientes para lidiar con el problema—. ¿Ha habido suerte?
—Qué va… —respondió con molestia—. A veces, tengo la sensación de que nos observan… Como si supieran cuándo vamos a ir.
—Quizá no estés tan equivocado.
—¿Qué quieres decir?
—Nada —contestó Rojo y miró al escritorio de Pomares. Ordenado y limpio.
En el tablero que había tras la silla, avistó una fotocopia con el rostro de una chica en blanco y negro—. ¿Quién es? La chica, digo.
—Llegó anoche, se encarga Pomares —comentó moviendo los labios mientras leía en voz baja—. Otra pobre muchacha.
—¿Por qué dices otra?
—¿No te has enterado? —Volvió a levantar el rostro para dar una calada—. Hace unos meses, apareció una chica muerta por sobredosis en el Molinete.
—¿Por qué no nos han informado?
—Lo lleva Pomares… —explicó con desdén—. Ya me entiendes, por lo del acento.
—Pues no, no lo entiendo.
—Entonces… Pregúntale al inspector jefe.

A Rojo no le gustó la respuesta. Era obvio que Gutiérrez no estaba por la labor de arrimar el hombro. Sus razones tendría para tanta indiferencia. A ellos les habían asignado patrullar por las zonas donde se trapicheaba con droga y eso era algo que desanimaba al oficial. El barrio de Los Mateos era una ratonera para los agentes. Por el contrario, si cazaban a los camellos en la calle, era más fácil hacerlos cantar y saber dónde se hacían las entregas. Se acercó al tablero y contempló el rostro de la chica.

—Hablando de todo… —sugirió poniendo la fotocopia a un lado—. ¿Qué hay de las protestas?

—Ahí siguen, mal —dijo—. De aquí, para allá… Ya sabes.

—Hasta que les duela el estómago por no comer —añadió Rojo—. Probablemente, dentro de poco.

—A tomar por saco… —gruñó Gutiérrez ignorando las palabras de su compañero. Tiró el informe a la mesa y apagó el cigarrillo—. Bueno, qué, ¿nos vamos?

La visita en la comisaría había sido breve. Se avecinaba otra mañana de vigilancia por el centro. Rojo estaba mosqueado por el trabajo que tenía que hacer. Tantos años de servicio y disciplina para terminar jugando a cazar camellos de poca monta. Era parte de su trabajo, pero no estaba dispuesto a conformarse toda su vida.

—Mejor vamos en mi coche —dijo cuando alcanzaron el aparcamiento de la comisaría—. La zona que vamos a visitar está por mi barrio.

—Tú mandas, tú pagas la gasofa.

Subieron al bólido encarnado y tomaron dirección a las escuelas de ingeniería que se encontraban en el paseo Alfonso XIII, muy cerca de la Asamblea Regional. Por el camino, la radio informaba de las diferentes protestas que se estaban produciendo en el polígono industrial de Beaza. Otro día más, pensó Rojo mientras giraba el volante. Gutiérrez observaba por la ventanilla con un brazo fuera. Nadie pensaría que eran policías. Después se desviaron en una rotonda y aparcaron cerca del cerro de San José. Cuando Rojo apagó el motor del vehículo, un grupo de cinco cabezas rapadas, vestidos con cazadoras 'bomber' y botas Doc Martens, pasaron por delante de ellos. Neonazis, antifascistas, 'punks'… A veces, era difícil diferenciarlos. Dos de ellos sostenían una botella de litro de cerveza. No tendrían más de veinte años. Observó al grupo y se quedó quieto. Eran superiores en altura, fuerza y número. Los músculos de la espalda se le tensaron.

—Estas son las juventudes que nos van a salvar —murmuró el compañero, desafiante, moviendo el bigote—. Hay que joderse… Menuda sociedad de mierda.

—Cierra el pico.

De pronto, el chico que iba en cabeza miró hacia el coche y clavó su mirada en la del inspector Rojo. Después se detuvo.

—¿Y tú qué miras, maricón?

Aquello fue suficiente para Gutiérrez.

Rojo puso su mano en alto por debajo del salpicadero sugiriéndole que se estuviera quieto. Los otros chicos se giraron.

Después sacó un cigarro y lo encendió, como si el joven no estuviera allí, y lo volvió a mirar. La mirada de Rojo fue más intensa que antes. Eso desarmó por completo al chaval. Luego giró el rostro y el grupo siguió caminando.

—Me cago en tu calavera, Rojo… —murmuró Gutiérrez impotente—. ¿Por qué coño no hemos salido ahí? ¿Te dan miedo?

—¿Qué vas a hacer? ¿Sacar la pistola y pegarles un tiro a cada uno? —Respondió el oficial cuando la pandilla ya había desaparecido—. Lo último que quiero es que me rompan un faro… y la cara. Dios sabe qué cargan bajo la chaqueta.

Pero Gutiérrez ya había dejado de escuchar a su compañero. Un grupo de jóvenes con cresta se encontraba en uno de los bancos del parque.

—Voy a hacerles unas preguntas a esos de ahí —dijo saliendo del coche—. ¿Te vienes o te quedas pidiendo refuerzos?

—Que te den, Gutiérrez —respondió, se quitó el cinturón de seguridad y salió del coche.

Al final de la jornada, Rojo dejó a Gutiérrez a la altura de Los Juncos, un parque de gran extensión, con pistas de fútbol y que albergaba un bar donde los padres celebraban cumpleaños y meriendas para sus hijos. El barrio, algo más sucio de lo habitual, se convertía en un lugar lúgubre cuando llegaba la noche, ya fuera por los que se dejaban ver por las gradas o por el silencio del ocaso. Rojo regresó a su calle, aparcó junto a una estación de radiotaxi que había frente a su portal y caminó hasta el bar Dower's.
Tomó un taburete que había junto a la barra y contempló la escena del local. La mayoría de los clientes eran hombres y más de la mitad fumaban como chimeneas. La oscuridad de la noche cerrada y el color amarillento de la luz de las farolas daban un tono diferente a la dimensión del bar. Miró el reloj de pulsera y las agujas marcaban las nueve en punto. Otro día perdido, sin rumbo, caviló.
—¿Qué hay, Rojo? —Dijo Félix con un paño en la mano—. ¿Qué te pongo?
—Una caña y una marinera —respondió. La marinera era la ensaladilla rusa que se servía en el resto del país, pero con una anchoa encima—. Y ya que estás, algo de magra con tomate.
El camarero se rio.
—¿Otra noche que evitas la cocina?
—He tenido un día de perros —dijo el oficial—. Me lo he ganado.
—Di que sí, no como otros.
—¿Los de esta mañana? —Preguntó levantando una ceja—. La gente está molesta, Félix.
—Y los agitadores al acecho —añadió el camarero y sirvió la cerveza que había pedido—. Estos mamones, pasan las horas con un café. Eso sí, para fumar, no les falta.
—Mira la parte positiva, le dan vidilla al bar…
—No me fastidies, hombre —refunfuñó secando un vaso y con la mirada perdida en el horizonte de la ventana—. El

bar tiene vida de sobra. Clientes fieles, gente del barrio. ¿Qué más quieres?

—La ensaladilla y la magra —respondió Rojo—, que me duele el estómago.

—Ah, sí… —contestó saliendo del trance—. Aquí tienes.

El hombre sirvió las tapas y una pequeña cesta con pan que había olvidado. Rojo observaba una bufanda del Real Madrid y un escudo del Efesé, el apodo con el que llamaban al equipo local.

Su vida, así como su trabajo, se encontraba en una rutina gris y adormilada como la niebla que rodeaba la ciudad. Entregado a su trabajo, no había hecho demasiado hincapié en conocer a una mujer que le acompañara por las noches, que le entregara ese cariño que, cada noche que pasaba, olvidaba lentamente. Las mujeres y él, un tema de investigación. Creía que todo en la vida era la consecuencia de un puntapié que alguien había dado antes. Puede que su patada la hubiera dado su padre, siempre fuera de casa, firme y atento con su señora, aunque distante en lo relacionado con el afecto humano.

—¿Postre? —Preguntó el camarero cuando encontró los platos vacíos y el vaso seco—. Hay tarta de queso…

—Ponme un golpe de Soberano —dijo señalando al coñac. El camarero agarró la botella y sacó dos vasos chatos. Los sirvió y brindaron juntos. El licor atravesó la boca del policía y sintió un fuerte calor—. Otro.

—Vas a dormir calentico esta noche… —respondió. Sirvió otros dos—. Tampoco te voy a dejar solo…

Empinaron el codo de nuevo.

—Otro.

Y así, hasta cinco. Abrazarse a la botella, pagar con el sudor de esas horas tiradas por la alcantarilla. A diferencia de otros oficiales, a Rojo no le interesaba comprar un apartamento, formar una familia o ahorrar para ese futuro incierto que iba comiéndoles el terreno. Tenía lo que necesitaba: un techo, un coche y un trabajo seguro. Con la cabeza golpeada por la combinación de cansancio y alcohol, dejó un billete de mil pesetas, se puso la chaqueta y salió al exterior de la calle. Miró el reloj y vagamente se dio cuenta de que era casi medianoche. Se arrastró unos metros hasta el portal de su casa, introdujo la llave, subió las escaleras de la entrada y se metió en el ascensor. Después pulsó el número cinco y cogió una bocanada de aire. Alguien había escrito algo en la pared. Salió de allí y entró en su casa. Cien metros cuadrados de los que sólo usaba una tercera parte. Una vivienda perfecta para una familia, pero demasiado grande para encontrarse con los demonios del pasado y las oportunidades que había dejado marchar.

En un atisbo de consciencia, notó el tufo a tabaco y aceite frito que desprendía su ropa y sintió asco. Caminó hasta el salón y abrió la ventana del balcón. De regreso, en un rincón del salón, encontró parpadeando la luz roja del contestador automático. Rojo nunca recibía mensajes. No conocía a mucha gente y siempre se encontraba fuera de casa. Preocupado, caminó hasta el aparato y pulsó el botón de reproducción.

—¿Inspector Rojo? —Preguntó una voz femenina. Era dulce y estaba nerviosa—. No debería hacer esto, me siento ridícula… En fin… Mi nombre es Elsa Hernández, me han dicho que usted puede ayudarme… Por favor, llame a este número en cuanto pueda.

La mujer dictó un número de teléfono y después colgó.

Rojo volvió a escuchar la grabación, como si hubiese encontrado un mensaje oculto, pero no había nada más que la voz de una mujer desesperada pidiendo auxilio. Pausó la cinta y se dejó caer sobre el sofá. Miró al cristal que daba al balcón. La brisa húmeda y helada se colaba por sus huesos.

Se preguntó quién sería esa mujer y cómo había conseguido el número de casa. Con la ventana abierta, caminó hasta el pasillo esforzándose por llegar hasta el final y cayó de bruces sobre el colchón de una cama de matrimonio vacía.

3

El ritmo de la mañana, más molesto que otras veces. Le dolían las articulaciones y sentía un ligero ardor en el estómago. Tras una ducha fría, se puso los vaqueros, una camiseta negra de manga corta que se ajustaba a su espalda y la chaqueta de cuero marrón que lo acompañaba a donde fuese. Más tarde, de nuevo, apoyado en la barra del Dower's, el olor de la calle se había desvanecido tan pronto como hubo cruzado la puerta del bar.

—Eres mi cliente estrella, Rojo —dijo el camarero con una actitud incansable. El oficial se preguntó de dónde sacaría las ganas de dirigir aquello. Una cuestión de carácter o, puede que, de decisiones ante la vida. La ducha fría le había despejado, aunque no lo suficiente para pensar con claridad.

—Y tú mi camarero favorito, Félix —respondió con media sonrisa y miró a las luces de colores que brillaban en la máquina tragaperras—. Ponme un café, anda.

—¿Un doble, bien fuerte?

—No —contestó y cambió de opinión—. Mejor, un asiático.

Era una bebida local hecha de café, leche condensada, coñac y unas gotas de Licor 43.

—Vaya... —sonrió el camarero y puso en marcha la cafetera exprés—. Se nota que es viernes.

—Procuro adaptarme.

—Ya veo.

El policía se sentía inquieto. La voz de esa mujer se había

convertido en el centro de sus preocupaciones. Al fin y al cabo, era la única novedad en la que ocuparse. Se preguntó cómo sería. Las voces podían decirle mucho, aunque era una ciencia inexacta. No recordaba la última vez que se había visto en una situación así, fuera de un bar de copas o de la cómoda oscuridad que ofrecían los interiores de las discotecas de mala muerte. Los tiempos cambiaban a un ritmo frenético y las chicas no albergaban ni doce horas en su vivienda. Algunas veces, eran ellas y su desenfadado libertinaje. Otras, el desorden vital las espantaba. En la mayoría de casos, la culpa era del oficial, que carecía de tacto y empatía por dar pequeños pasos de cercanía y mostrar el mínimo interés ante la mujer que tenía delante.

Esa mañana, abrumado por la resaca, llamó a la misteriosa Elsa tras salir de la ducha. Ella, con una voz angelical a la par que desesperada, aceptó la hora y el lugar que Rojo le indicó sin negociaciones. El lugar, allí, el bar en el que el oficial se encontraba y, para la hora del encuentro, faltaban apenas unos minutos.

De pronto, una mujer rubia con melena fijada con laca cruzó la entrada del bar. El oficial, que se encontraba de espaldas, no logró verla, pero el camarero se encargó de enviarle una señal.

—Dios Santo bendito… —murmuró Félix al verla entrar—. Tú café tendrá que esperar.

—No me fastidies, hombre —replicó el policía con la cabeza apoyada sobre su mano—. ¿Qué es tan importante?

—Date la vuelta y me dices —contestó el camarero y caminó al otro lado de la barra. Rojo siguió la orden y miró de reojo a la desconocida. Llevaba unas medias oscuras casi opacas, del mismo color que sus botas. Un vestido gris oscuro de una sola pieza se ceñía a su delgada figura. El oficial no pudo disimilar el asombro. Intuyó que sería más joven que él, aunque no por mucha diferencia. Tenía la mirada azul, como ese cielo limpio que no se dejaba ver a menudo durante el invierno. Después pensó que las mujeres como aquella no se fijaban en tipos como él, al menos, una vez se habían conocido. Le quedaban demasiados asuntos por ordenar y dar carpetazo en su vida como para empezar uno nuevo. Ese tipo de chicas buscaba otra cosa, un hombre decente que pudiera darles un futuro feliz y no a un policía gruñón que se pasaba los días fuera de casa. Al fin y al cabo, en el fondo de su corazón, Rojo sabía que esos pensamientos no eran más que el mecanismo de defensa que se había forjado durante los años de soledad.

—¿Qué le pongo? —Preguntó el camarero—. Que sepa que hago los mejores desayunos del barrio…

La mujer sonrió y el camarero terminó por derretirse ante sus ojos.

—Muy amable, pero ya he desayunado —contestó con una voz suave como los pétalos de una rosa—. Un cortado será suficiente.

—Como guste, señorita —respondió el camarero con complicidad.

—En realidad, me había citado aquí con una persona —añadió dubitativa. Las nalgas del oficial se apretaron. En un primer momento, no había reconocido su voz, pero ya no le cabía duda de que era ella—. El inspector Rojo… ¿Le conoce?

—Allí lo tiene —susurró el camarero, se inclinó y señaló al policía evitando que la chica dijera más. Para él, era de suma importancia mantener oculta la identidad del oficial.

Cuando Rojo escuchó su nombre, supo que no había marcha atrás. Dio media vuelta y encaró a la mujer. De cerca, era mucho más bella. No obstante, se prometió que no se dejaría engatusar.

Escuchó el taconeo de los zapatos aproximarse hasta su rincón. Antes de que la mujer tomara acción, se levantó y le ofreció la mano.

—Gracias por aceptar mi petición, oficial… —dijo sonriente ante el policía. Tampoco tenía acento local y, si lo tenía, lo ocultaba muy bien. Rojo percibió que era algo más baja que él, detalle que inspiró comodidad entre ambos.

—Llámame Rojo —interrumpió dejando a un lado las formalidades. Cuanto menos personas supieran de su oficio, mejor para todos. Después señaló a una de las mesas que había junto a las ventanas—. Vayamos ahí, tengamos un poco de privacidad.

Bajo la atenta mirada del dueño del bar, Rojo permitió que fuese ella la primera en acomodarse. Se sentó en una silla frente al rostro de la mujer y el camarero sirvió dos cafés: uno con leche y otro solo. El policía le guiñó el ojo a su compinche. Había sido rápido. Mejor sin alcohol. No hubiese sido la mejor entrada para una primera impresión.

—Estoy algo nerviosa —dijo ella abriendo el sobre de azúcar—. Me siento como una estúpida.

—Eso ya lo mencionaste en tu llamada —respondió. Rojo se encontraba firme y tieso como un pino—. Antes de preguntarte cómo has conseguido mi número… dime en qué puedo ayudarte.

La mujer abrió su bolso y sacó una foto Polaroid del interior. En ella aparecía el rostro de una joven de pelo castaño y ojos claros que posaba ante la cámara. La escasa luz de la imagen impedía ver el lugar donde se había tomado.

—Es mi hermana —dijo dejando la instantánea sobre la mesa—. Ha desaparecido.

Rojo observó de nuevo a la chica y frunció el ceño.

—¿Estás segura? —Preguntó incrédulo—. Puede que esté en casa de una amiga.

—No, sé que ha desaparecido.

—Entiendo que vivís en la misma ciudad —replicó el policía—. ¿Cuándo fue la última vez que la viste?

—Hace una semana.

—También deduzco que no sois de aquí.

—Somos de Mazarrón —contestó pensativa—. ¿Va a ayudarme?

El inspector sintió la distancia en el tono de la chica. No estaba acostumbrada a tratar con desconocidos, así que tal vez estuviera diciendo la verdad. Las chicas de pueblo solían ser menos abiertas que las de ciudad y, en general,

solían mantener el trato respetuoso a quien siempre lo había tenido.
—Lo siento —dijo empujando de vuelta la fotografía con el dedo índice—. No llevo casos particulares. Lo mejor será que pongas una denuncia.
Su repuesta provocó un brote de nerviosismo en la desconocida. Una reacción que intentaba ocultar.
—¿Para qué trabaja la Policía si no? —Preguntó elevando el tono de voz. Rojo permanecía impasible—. Lo sabía. Soy una estúpida. Esto es una pérdida de tiempo y siento haber hecho perder el suyo.
—Pon una denuncia —contestó él—. Es todo lo que te puedo decir.
—Dígame algo que no sepa —dijo la mujer ofendida. Agarró la foto y la guardó en el bolso—. No servirá de nada. Desaparecen cientos de chicas al año y, cuando las encuentran, es demasiado tarde, pero eso no es asunto suyo. Ustedes hacen su trabajo lo mejor que pueden y siempre hay una excusa más importante que la desaparición de una joven. Me temo que es el mismo desenlace para mi hermana, ¿verdad, inspector?
Algunos de los clientes giraron el rostro al escuchar las últimas palabras.
—Cálmate, ¿quieres?
Esa mujer le ponía nervioso. Introdujo la mano en el bolsillo trasero del pantalón y sacó el paquete arrugado de Fortuna. Después cogió un cigarrillo y le ofreció otro a su confidente. Era todo lo que podía hacer. Se había quedado sin respuestas.
—No fumo —dijo ella.
—Te relajará —insistió y la mujer accedió. Un clásico, pensó el policía. Después le ofreció fuego y la mujer se centró en su cigarrillo. Por un instante, Rojo tenía el control de la situación. Tomó una bocanada y observó cómo su acompañante se relajaba por la nicotina. Ella le devolvía las miradas con timidez. Sabía lo que estaba haciendo. Era atractiva, más de lo que aparentaba a simple

vista, que ya era un decir. Reflexionó y se dio cuenta de que, tristemente, aquel encuentro era lo más interesante que le había sucedido en semanas. Quizá no fuese para tanto la idea de echarle una mano. Mirándolo bien, mantendría el contacto con ella y podría invitarla a cenar si congeniaban—. Escúchame, Elsa. En ningún momento te he dicho que fuese a ayudarte, por tanto, no me aprietes las tuercas. Tú querías reunirte conmigo y aquí estamos. Estoy jugando limpio contigo.

—Lo siento, oficial —dijo ella ajustando, una vez más al aterciopelado sonido de su voz—. Me he dejado llevar.

—Ya —respondió él—. Déjame la foto que me has mostrado de tu hermana. Veré qué puedo hacer.

Ávida, se la entregó. Rojo la guardó en el interior de su chaqueta.

—Gracias, de verdad —contestó emocionada—. Si hay algo que pueda hacer…

—Sí, ve a la comisaría y pon la denuncia —dijo dando otra bocanada—. No te prometo nada. Lo mío no son estas cosas.

—¿Entonces a qué se dedica, inspector?

—A otras cosas —sentenció. La mujer había conseguido lo que deseaba y entendió que el agente no estaba dispuesto a hablar más de la cuenta—. ¿Algo más?

Ella se levantó, agarró su bolso y le ofreció la mano al policía.

—De nuevo, gracias, ins… —dijo con una sonrisa perfecta—. Rojo… Gracias.

—Hazte un favor y pon la denuncia —contestó estrechando su mano—. No soy Colombo. Te llamaré cuando sepa algo.

La mujer afirmó con la cabeza y caminó hacia la salida bajo la mirada de los parroquianos del bar que se apilaban en la barra.

Rojo disfrutó del contoneo de caderas que hacía Elsa a su paso y se lamentó por haber sido tan cretino con ella. No obstante, así era cómo debía actuar ante cualquier

desconocida, por muy guapa que fuera. No existía profesión más desagradecida que la de servir a un país.
"No tienes más que tus pelotas, hijo. O te temen, o te exigen, pero nunca te aprecian", repetía su padre. Eso, y que se buscara a una buena mujer que lo amara.
Por supuesto, su padre no siempre tenía razón en todo lo que decía, pero eso era algo que él debía descubrir por su cuenta.
Sacó la foto del bolsillo y observó el rostro de la chica. Lo primero que le vino a la mente fue la cara del inspector Pomares. Un fogonazo mental bastante desagradable. Pensó que, tal vez, él supiera algo del asunto.

4

La neblina no era tan densa como había sido durante la semana. Pese a su cita inesperada, la mañana seguía tal y como la había planeado. No podía escaquearse de practicar tiro. Todos los oficiales debían pasar por la galería, al menos, una vez cada tres meses para entrenar la puntería. A Rojo le parecían pocos, era una de sus actividades favoritas, más aún, después de la actividad terrorista que estaba sufriendo el país.
Pasó por casa y recogió el cinto donde colgaba su Star 28 PK, una pistola semiautomática de nueve milímetros y de fabricación española que había heredado de su padre. El Cuerpo Nacional de Policía ya había sustituido la mayoría de modelos por un modelo posterior con mejor funcionamiento y manejo. La Star 28 PK había reemplazado los revólveres de calibre 38 durante la era franquista. Sin embargo, pese a que el arma de su padre tuviera el grabado del águila preconstitucional, un detalle con el que no simpatizaba y del que era imposible deshacerse, aquella era la pistola con la que había aprendido a disparar.
Regresó al coche con el rostro de esa mujer en su cabeza y arrancó sin pensárselo dos veces. Condujo hasta el paseo Alfonso XIII, giró por la calle Capitanes Ripoll y volvió a observar el parque por el que había pasado la mañana anterior, entonces tranquilo y transitado por madres con carrito y jubilados que se sentaban en los bancos para dar de comer a las palomas. La radio volvía a mencionar las

protestas, pero el oficial no hacía más que pensar en los ojos de esa misteriosa mujer. Después dio la vuelta a la plaza Bastarreche y tomó la castigada calle Ciudad de Orán, sucia y salvaje. Una calle que hacía de frontera con la peligrosa barriada de Los Mateos, epicentro de la mayoría de robos y muertes por sobredosis en la ciudad. Finalmente, puso dirección a las afueras hasta llegar al Parque de Seguridad, donde todos los agentes de la ciudad practicaban el tiro.

Aparcó el Citroën en la puerta, se identificó y dejó sus pertenencias en una taquilla. A lo lejos, advirtió el rostro de Pomares, que conversaba con un oficial de categoría más baja. Rojo conocía su secreto. Le importaban un bledo las tendencias sexuales del inspector. Por el contrario, le irritaba que intentara aprovecharse de su posición con los novatos.

A modo de llamar su atención, empujó con fuerza la taquilla y se escuchó un agudo golpe metálico. Pomares desvió la mirada hacia el inspector.

—¿Te tengo que enseñar a cerrar una taquilla o qué? —Preguntó enojado—. ¿Qué se te ha perdido aquí, valenciano?

El policía volcaba todo su odio cuando pronunciaba su origen.

—Mantenerme en forma —respondió el inspector—, por si se te va la mano.

Pomares, vestido de uniforme, caminó agitado hasta la taquilla.

—Muy gracioso, gilipollas —contestó ofendido—. Tú sigue así, que harás carrera cazando ratas.

Rojo se rio. Le había dado en la llaga.

—¿Qué hay de la chica muerta?

—No te pagan por preguntar —dijo poniendo las manos sobre el cinturón y sacando pecho—. No es asunto tuyo, ni de la bestia esa.

—¿Gutiérrez? —cuestionó sorprendido—. Si es un cacho de pan… Va, cuéntame qué pasó.

—Otra toxicómana, nada nuevo bajo las chimeneas de esta ciudad —comentó el inspector—. ¿Qué esperabas? ¿Una historia mejor? Pues no… Es lo que hay… Lamentablemente, hasta que no demos con los que introducen el mal en la costa, estamos jodidos.
—No te pongas sentimental ahora.
—Vete al cuerno, valenciano —respondió y tensó el rostro. Por un momento, había bajado la guardia—. Será mejor que hagas compañía a tu novio, antes que le vuele la cabeza a un oficial.
Pomares desapareció más fastidiado de lo que había llegado. Rojo no supo cómo interpretar aquello. Por suerte, le quedaba la compañía de Gutiérrez que, al parecer, también se encontraba allí vaciando los cargadores, un hecho que le sorprendió. Tal vez, el investigador Gutiérrez tuviera muchas carencias, pero el manejo de las armas no era una de ellas.
Preparado, entró en la sala, se puso unos cascos insonorizados y cargó su arma. A escasos metros, encontró a Gutiérrez disparando con una concentración extrema: entrecejo, corazón, ojo derecho, ojo izquierdo. Cuatro disparos precisos. Rojo empuñó su arma y descargó cuatro balazos sobre la silueta que había al fondo: entrecejo, clavícula, garganta y un último disparo fallido.
Chasqueó la lengua. Esa mujer.
Volvió a repetir el ejercicio y falló de nuevo el último tiro.
—Me cago en la leche… —murmuró. Gutiérrez seguía haciendo diana con cada proyectil. Si había algo que Rojo llevaba fatal era competir. Lo que, en un principio, era un ejercicio de práctica, se había convertido en una muestra de hombría. Pero aquella no era su mañana. Ni tampoco la anterior. Vació el cargador sin éxito, rellenó un formulario y caminó hasta la taquilla.
—¿Sigues durmiendo, Rojo? —Preguntó Gutiérrez con sorna, a escasos metros de él—. No te he visto muy acertado.
—Una mala racha —respondió abriendo su taquilla—. No

puedo decir lo mismo de ti.
—Pensar en mi cuñado me ayuda —contestó y torció el bigote—. ¿Qué te pasa? Te veo *atontolinao.*
—Pomares, que no suelta prenda.
—¿Lo dices por lo de la chica? —Preguntó apoyado con la espalda en la pared—. El palomo se cree que le vamos a quitar el puesto.
Rojo le devolvió una mirada cortante.
—Es nuestro compañero, un respeto.
—Joder, macho —dijo Gutiérrez—. A ver si tú también cojeas…
—¿Te ha contado algo?
—Directamente, no… —continuó—, pero, ya sabes, tengo mis fuentes.
—¿Y qué dicen?
—La chica era de La Unión —explicó—. Apareció sin vida en la playa de Calblanque.
—Interesante —respondió Rojo pensativo—. Pomares dijo que murió por sobredosis.
—Sé lo que estás pensando —dijo Gutiérrez ajustándose la correa del pantalón—. Estoy pensando en lo mismo.
—No sabía que tuvieras esa habilidad.
—Venga, hombre —replicó—. ¿Qué te crees? ¿Que no me gustaría llevar un caso así? ¿En lugar de buscar delincuentes con una piedra de chocolate?
Rojo caviló sobre sus palabras.
—¿A qué hora terminas hoy? —Preguntó el inspector—. Quisiera comentarte algo, con calma.
—No sé si tendré tiempo… —dijo meneando la cabeza—. ¿Qué es?
—Prefiero hacerlo en privado —respondió—. Te invito a un trago.
—En ese caso… —dijo sonriente—. Para un trago siempre tengo tiempo.

La jornada terminó antes de lo que ambos habían previsto. Papeleo en la comisaría durante la mañana y un breve interrogatorio a dos ladrones detenidos por robo y posesión de sustancias ilegales en el centro de la ciudad. Los hombres, consumidos por los malos hábitos y la pisada de una vida tumultuosa, guardaron una actitud desafiante que Gutiérrez no tardó en silenciar con su ortodoxia. Sin nada que rascar, los dos individuos pasaron al calabozo hasta nuevas órdenes del juez. Rojo observaba lo que sucedía, aunque su cabeza se ubicaba en otra parte. A su compañero, tampoco le importaba que éste no estuviera allí.

El oficial no logró quitarse de la mente la historia de esa chica muerta. Por dentro sentía la impotencia de no encontrar respuesta a las preguntas que tenía para Pomares. De algún modo, el inspector se las ingeniaría para llenarle el camino de barro. Por otro lado, todavía albergaba algo de esperanza en lo que Gutiérrez le dijera. Puede que no fuese un policía de manual, pero había visto y vivido más que muchos de los que trabajaban en aquella comisaría.

A la salida, con la excusa de que el interrogatorio le había abierto el apetito, Gutiérrez se empecinó en visitar la Tasca del Tío Andrés, un bar de tapas que había entre la residencia de Rojo y la Casa de la Juventud, en el mismo paseo Alfonso XIII por el que siempre cruzaba.

—Me ha entrado antojo, sabes… —explicaba en el coche—. Cuando le he dado la bofetada, me ha venido a la cabeza el pan con tomate y alioli.

—Las desdichas de la mente —dijo Rojo al volante escuchando a su compañero, un personaje de ficción en toda regla.

—Pues ya te digo —comentó—. Ahora, que… ¿Y si se me aparece la cara de ese desgraciado cada vez que coma

alioli? Me pego un tiro, macho.
—La sociedad te lo agradecerá.
—¿Cómo? —Preguntó ofendido. Había escuchado el comentario.
—Lo del alioli, hombre —explicó el policía—. ¿Dónde te has dejado el humor?
—En casa de tu hermana, no te fastidia…
Rojo se rio en voz alta y, al ritmo de la cinta pirata de rock que Gutiérrez le había regalado, llegaron al mesón. El lugar no era muy grande aunque bastante amplio. Se acercaron a la barra de madera oscura y barnizada y se sentaron en dos taburetes. Los jamones y las ristras de longanizas secas colgaban del techo. Pidieron dos tostadas de jamón ibérico, unas patatas bravas, dos vinos y una marinera.
—¿Algo más? —Preguntó el empleado.
Rojo desvió la mirada a su compañero.
—He reflexionado sobre lo que has dicho del alioli… —comentó negándose y señaló a una fuente de embutido tierno—, así que, mejor… unos choricillos rojos de esos… ¿No?
—Manda huevos.
—¿Revueltos? —Preguntó Gutiérrez y dio un trago a su copa de vino—. Bueno, ¿qué era eso que me querías contar?
—Es sobre esa chica.
—Te ha picado el asunto, vaya… —respondió y miró al plato de aceitunas verdes y negras que el camarero sirvió para acompañar mientras preparaba el resto. Sin pensárselo, agarró una y se la echó a la boca—. Que no hay ná que hacer, cojones.
—Esta mañana me he reunido con una mujer —explicó Rojo arañando la madera de la barra con los dedos—. Alguien le dio mi número y me dejó un mensaje en el contestador. Al parecer, su hermana ha desaparecido y quiere que la encuentre.
Gutiérrez se sacó el hueso de la boca y lo dejó junto al plato.

—No te metas en berenjenales, compañero… —reprochó—. Nos pueden abrir un expediente si se entera alguien. Y ya sabes que *hijoputas* no sobran en la oficina.
—Le he dicho que denunciara, eso es todo.
—Has hecho lo correcto —afirmó y dio otro trago. Después silbó con afán de llamar al camarero y le hizo un gesto con las manos para preguntar dónde estaba su pedido. Rojo dedujo que Gutiérrez no solía frecuentar ese tipo de tabernas—. ¿Era guapa?
—Sí, pero eso no importa —dijo Rojo y sacó la foto de su bolsillo—. Esta es la foto de su hermana.
—Hombre, importar, todo importa… —contestó y agarró la foto con las manos manchadas—. A veces, lo complica más, ¿sabes? Vaya, es una chica joven. También muy guapa.
—¿Cuántas chicas fallecieron el año pasado?
—Yo qué sé, macho… —contestó devolviéndole la foto—. Unas cuantas. Ya te lo dije. Se les ha ido de las manos… Una pena.
—Puede que ésta sea la siguiente.
—Tal vez… —dijo el policía y se echó hacia atrás—. Te ha gustado esa mujer, ¿verdad?
—¿A qué viene eso? —Preguntó sonrojado—. Ya te he dicho que la he mandado a comisaría.
—Ya… —dijo incrédulo el compañero—. Yo me chupo el dedo, canalla.
—Supongo que es todo… —confesó Rojo—. La rutina, lo mismo de siempre, la falta de acción…
—Sí, vamos —contestó y le dio un golpecito en el hombro—. El azufre, que te produce escozor ahí abajo.
—Terminaré dándole la razón a Pomares.
—¿De que también eres palomo?
—No —dijo el oficial—. De que eres un animal.
—Venga, hombre, no fastidies —contestó riéndose—. Sólo bromeaba… ¿Te he contado que estuve en las COE?
Entonces, como gracia del cielo, el camarero apareció con las raciones que habían pedido. Rojo miró hacia arriba y

dio gracias a quienquiera que hubiese enviado a aquel hombre. Tan rápido como Gutiérrez vio la comida, olvidó sus batallas del pasado, historias que había repetido tantas veces que comenzaban a convertirse en un recuerdo distorsionado de los hechos. Como él, aquel hombre también cargaba con un baúl cargado de pensamientos y arrepentimientos de los que deshacerse. No eran tan diferentes, aunque les separaban las formas. Rojo sabía que, tras el toro de Miura que había en esa fachada, se encontraba un hombre dolido en busca de algo. Venganza, tal vez. No podía estar seguro de nada.

—Come hombre, que se enfría —insistió Gutiérrez y disfrutaron de la cena. Dejaron atrás los temas relacionados con el trabajo y se centraron en otros asuntos más mundanos como los viajes por España y los platos regionales. Cuando llegaron al café, Rojo se dio cuenta de que eran casi las once. Gutiérrez pidió dos chupitos de whisky y le hizo un gesto a su compañero—. Por nosotros.

Y así, de nuevo, hasta el tercero.

Después, discutieron, en un duelo de billeteras desgastadas y agarradas como si fueran sables, por decidir quién pagaba la cuenta.

—Tú ganas, Rojo —dijo Gutiérrez guardando su cartera en el bolsillo—, pero yo te invito a las copas, que conozco al dueño de un sitio al que vamos ahora…

—Lo siento, hoy no puedo.

El rostro del policía se iluminó.

—¿Te espera tu esposa? —Preguntó vacilante—. Venga, Rojo, necesitas salir, hombre…

—Necesito descansar, de verdad —insistió poniendo tres mil pesetas sobre la mesa—. Si quieres, te acerco.

—Otro día, gracias —dijo y se bajó del taburete. Sacó un cigarrillo de una pitillera y se lo encendió en medio del local. Pagaron y salieron a la puerta. Rojo sentía el bochorno del alcohol, otra vez más, entorpeciendo sus movimientos. Caminaron en silencio hasta un semáforo. Después cruzaron y se detuvieron.

—Yo marcho por aquí —indicó haciendo referencia a su calle—. Nos vemos.
—¿Estás seguro? Una copa, hombre, que esta noche triunfas.
—De veras, compañero.
—Como quieras —sentenció y caminó varios metros. Antes de que Rojo alcanzara la esquina donde se encontraba, ya cerrado, el bar Dower's, Gutiérrez se giró—. ¡Oye, tú!
—¿Qué quieres? —Preguntó al vacío de la noche. Retrocedió y se encontró con el otro policía—. ¿Qué hay ahora?
—Lo de esa chica, fuera de bromas… —dijo con voz seria, un tono que no había usado en todo el día—. Si necesitas ayuda, cuenta conmigo. ¿Entendido?
Y desapareció bajo las estrellas.
Al día siguiente, lo habría olvidado todo.

5

Cuando abrió los ojos, sintió el goteo de la llovizna contra su ventana. Sábado nuboso, pensó. Un chaparrón esperado por muchos. El agua limpiaría el aire por unos días. Miró el reloj y eran las once de la mañana. Un poco tarde para su costumbre. Tenía el día libre, al igual que Gutiérrez, pero a nadie con quien pasarlo. La mayoría de oficiales que eran de fuera solían viajar a sus pueblos. Desde su jubilación, los padres de Rojo se habían mudado a una casa de campo, a las afueras de Valladolid. El agente se limitaba a hacer los viajes necesarios, aquellos a los que no podía fallar. Mientras tanto, las pocas amistades que le quedaban de su puesto en el cuerpo de Valencia, se perdían lentamente. A cierta edad, la vida se dividía en caminos diversos y había que escoger. Mientras que muchos de sus compañeros habían optado por formar una familia, Rojo se mantenía al margen de esto. En ocasiones, cuando el cielo se encapotaba como aquel sábado, se imaginaba a sí mismo con un final parecido al de Gutiérrez.

Abandonó la cama y caminó hasta el baño para despejarse la cara y evitar los pensamientos oscuros. La zozobra de la resaca se mantenía sobre su cabeza como una ligera brisa marina, ni golpeaba, ni tampoco desaparecía. Simplemente, estaba ahí y lo hacía todo más lento. Abrió un cajón, sacó una aspirina y bebió agua. Sólo la idea de pasar el fin de semana entre aquellas paredes le desquiciaba. Sin embargo, por una vez, se sentía motivado, atraído por el caso de la chica fallecida y la hermana desaparecida de esa mujer.

Preparó café, se dio una larga y fría ducha y volvió a vestirse con el mismo uniforme personal de siempre. Por la ventana de la cocina podía observar la fachada de los edificios de la calle de atrás. Una vía estrecha, llena de entradas de almacenes y cocheras. Sobre el tejado de los garajes que daban a la parte interior de la calle, los residentes del edificio de Rojo y el otro bloque limítrofe, disfrutaban de un extenso patio de baldosa rojiza, donde los niños jugaban pachangas de fútbol y, de cuando en cuando, lanzaban los balones a la calle. La calle Alcalde Amancio Muñoz tenía un aspecto lúgubre y sospechoso en cuanto caía el sol. Todas lo tenían por aquella zona.
Al final de la calle, unas escaleras subían hacia los restos de una vieja muralla de Carlos III, excelso lugar de reunión para los camellos tras el ocaso. Estaban por todas partes.
Una vez hubo finalizado el ritual matinal, condujo hasta la comisaría atravesando una ciudad más tranquila de lo normal. Al llegar a su lugar de trabajo, se acercó al oficial que vigilaba la entrada.
—¿Sabe si ayer vino una mujer rubia a presentar una denuncia? —Preguntó Rojo sin preámbulos—. Delgada con ojos azules.
El joven oficial se encogió de hombros.
—No lo sé, inspector —respondió confundido—. Ya sabe que por aquí pasa mucha gente.
—Demonios, ese es tu trabajo —replicó—, controlar al personal.
—Ahora que lo dice… —añadió juntando las cejas—. Sí que vino una mujer a denunciar.
—¿Una desaparición?
—No, no, nada de eso… Un robo.
—Mierda —contestó Rojo. La parsimonia del oficial lo sacaba de su temple—. ¿Recuerda algo más?
—No, que yo sepa.
—Está bien, gracias —dijo y se retiró a su oficina. Al cruzar la puerta, encontró el abrigo de Pomares sobre la silla del escritorio. Después desvió la mirada al de

Gutiérrez, que seguía igual desde hacía días. Revisó el tablero que había en una de las paredes y percibió que la fotocopia de la chica fallecida había desaparecido. Ir hasta allí había sido en vano, aunque tenía que intentarlo. Antes de que Pomares lo descubriera y se oliera sus intenciones, salió por donde había entrado sin despedirse y caminó hasta su coche. No se explicaba qué hacía, todo era un sinsentido. La única verdad en todo ese asunto era un deseo por volver a ver a Elsa. Si lo que buscaba era despertar la curiosidad del inspector Rojo, lo había logrado.

Condujo varias manzanas hasta que encontró una cabina de teléfono. Estacionó en doble fila y caminó hasta el aparato. Después, introdujo una moneda y marcó el número de memoria.

La llamada dio un tono.

Nadie contestaba.

—Vamos, cógelo —dijo golpeando ligeramente el aparato.

Segundo tono. Rojo comenzaba a desilusionarse. Creía en las casualidades y los desencuentros del destino.

Tercer tono.

Cuando estaba a punto de cortar la llamada, se escuchó un ruido al otro lado.

—¿Sí? —Preguntó la voz delicada de la mujer—. ¿Hola?

En un arrebato, Rojo tiró del teléfono hacia él.

—¿Elsa? —Dijo acelerado.

—Inspector Rojo… —respondió ella con agrado—. Pensé que no me llamaría.

—He cambiado de idea —dijo retomando su tono policial. Quería mostrar que se trataba de un caso, únicamente, profesional—. Necesito que me aclare algo más sobre su hermana.

—Claro, lo que necesite —afirmó la mujer. Parecía desconcertada—. ¿Quiere que nos encontremos el lunes?

—No —sentenció—. Hoy, ahora. ¿Le va bien?

—Vaya, no esperaba esa respuesta —contestó desprevenida—. Sí, claro, está bien…

—Perfecto —contestó sin empatía—. Le espero en una hora en el mismo lugar de ayer.
De pronto, se hizo un silencio.
—¿En ese bar?
Rojo se preguntó qué tenía de malo el local. Él se sentía cómodo y allí no lo conocía nadie más que el propietario. El resto de tugurios que frecuentaba no eran mejores.
—Sí, ¿algún problema?
—No… para nada —dijo ella—. Allí estaré.
Sin despedirse, el policía colgó el teléfono y miró a su coche, con las luces de emergencia encendidas.
Otra vez, se había comportado como un idiota. Esa mujer le hacía actuar así. Quizá, le gustara más de lo que se hacía creer.
Y aceptar esa verdad, le ponía de los nervios.

6

Félix no trabajaba los sábados, era su día de descanso para pasar un tiempo con su familia. En su lugar, estaba Toñi, una camarera treintañera con mechas rubias y un corte de pelo similar al del resto de mujeres: largo y cardado. Eran los noventa, la década de la ropa ancha y los vaqueros altos. El Dower's tenía la clientela típica del fin de semana: borrachos de bar, maridos que bajaban a tomar una cerveza antes de comer y parejas que se acercaban para tomar un tentempié, discutir o dejar la relación. En el rincón que había junto a la ventana, Rojo miraba a Elsa en silencio. Se había puesto una camiseta de color rojo, vaqueros y una chaqueta de cuero negra que había dejado sobre el respaldo de la silla. A Rojo le gustaba lo simple y esa mujer estaba perfecta con cualquier cosa. El sol que entraba por la ventana golpeaba en su cara, lo que obligaba a llevar unas gafas de sol de pasta negra mientras fumaba frente al oficial.

—Pensé que no fumabas —dijo el policía dando un trago a un botellín de cerveza. Llevaban algunos minutos sentados y todavía no habían mencionado nada sobre la chica.

—Lo había dejado —respondió ella—. Soy propensa a las recaídas.

—Ya —contestó él. Quiso preguntarle si había puesto la denuncia, pero prefirió esperar a que ella fuese quien se lo dijera—. Me dijiste que sois de Mazarrón.

—Así es —dijo la mujer—. ¿Ha descubierto algo?
—Tutéame, por favor —le pidió Rojo. Le ponía nervioso toda esa formalidad—. No, no he encontrado nada, por el momento.
—Pero, vas a ayudarme… ¿Verdad?
—Hace unos días —arrancó mirándola con gesto serio—, encontraron el cuerpo de una chica en la playa de Calblanque.
—¿Era mi hermana? —Preguntó sorprendida—. Dime que no era Luci.
—No, no era tu hermana —aclaró—. Era una chica de La Unión. Al parecer, la encontraron sin vida tras una sobredosis.
—Pobre chica.
—¿Sabes si tu hermana también consumía?
—¿Cómo? —Preguntó de nuevo—. ¿Lucía? ¿Meterse?
—Sí.
La mujer dio un trago al café con leche templado que había frente a ella. La pregunta le había llegado por sorpresa.
—No —dijo dubitativa—. No lo sé.
—¿No lo sabes? —Preguntó él—. ¿No me lo quieres contar?
—Te estoy diciendo lo que sé.
—Ya.
—No me crees, ¿verdad?
—Intento relacionar a tu hermana con esa chica, eso es todo —argumentó el oficial—. ¿A qué se dedicaba?
La mujer lo miró con cierto rechazo.
—No hables de ella como si estuviese muerta —dijo ofendida—. Lucía es una buena chica. Venimos de una familia humilde y, con esta crisis, en Mazarrón no había mucho que hacer para nosotras. Era eso o casarnos con un muchacho de allí.
—Salisteis huyendo.
Elsa sonrió por primera vez en toda la mañana.
—Eso lo has dicho tú —comentó—. Puede que Cartagena

no sea Madrid, ni siquiera Murcia, pero es una ciudad mejor que otras. Aquí hay oportunidades. La gente tiene otra mentalidad… Será por el mar.

—Todavía no me has contestado.

—Está bien, está bien… —esputó la mujer—. ¿Todos los polis sois así?

—Sólo los que buscamos a chicas desaparecidas —dijo él—. Sigue, maldita sea.

—Lucía estuvo trabajando de camarera en un bar de copas —explicó la mujer—. Al principio, todo bien. Venía borracha alguna vez que otra, al cierre, pero eso era todo.

—Vivíais juntas.

—Más o menos —dijo ella—. Pagábamos el piso, pero apenas nos veíamos. Ya sabes, los trabajos. Le dije que lo dejara, me contó que había encontrado algo mejor, pero no supe más.

—¿Qué haces tú?

—¿Yo? —Preguntó ella, se quitó las gafas y dio una última calada al cigarrillo casi consumido, antes de aplastarlo contra el cenicero de cristal—. Soy artista.

—Lo que me faltaba por oír.

—Estoy acostumbrada a esa expresión —respondió indiferente—. Todos decís lo mismo. Quizá, si fuese un hombre, responderías otra cosa.

—Lo dudo —dijo el policía—. ¿Qué haces para ganarte la vida?

La mujer se ruborizó.

—Ya te lo he dicho —insistió—. Soy pintora, vendo cuadros.

El inspector suspiró.

—En fin, háblame de tu hermana… —dijo cambiando de tema y pidió otro botellín de cerveza—. ¿Tenía novio?

—No, ella no es de novios —explicó negando con la cabeza—. Se estaba viendo con un chico, pero no lo había traído a casa. ¡Ya ves tú! No soy su madre.

—¿Cómo lo sabes?

—Una hermana sabe eso —replicó—. Además, el muy

tonto llamó preguntando por ella.
—Podría ser otra persona.
—Mi hermana no es de esas.
—¿Cómo se llama el bar donde trabajaba?
Elsa empezaba a entender el funcionamiento del policía. Cuando no le interesaba algo, cambiaba de conversación. Un movimiento astuto.
—La Watios —respondió—. Es un pub, bar de copas, yo qué sé… Sólo he estado una vez. Le dije que no me gustaba ese ambiente, pero es incapaz de escuchar a alguien.
—¿Dónde está?
—En la calle San Agustín —indicó—. Cerca de la plaza del Rey. Si vas, quiero ir contigo.
Rojo sonrió.
—Aquí nadie va a ninguna parte —contestó el policía con tranquilidad—. De momento, estoy viendo qué tenemos, sólo eso. Ya habrá tiempo para las hipótesis y las investigaciones… Mientras tanto, tu hermana puede aparecer en cualquier momento. Una semana no es suficiente…
—¿Por qué me ayudas? —Preguntó la mujer curiosa—. Al fin y al cabo, este parece otro caso perdido.
—No empieces —explicó con el semblante serio—. Si te ayudo es porque no quiero que termine así.
—¿Puedo preguntarte algo? —Insinuó la mujer. Algo cambiaba en el ambiente. El bullicio del bar aumentaba y Elsa se acomodaba en la silla. Rojo la miró, tenía una pose sensual, con una pierna cruzada, el codo apoyado en su brazo y la mano apuntando hacia el techo—. ¿Qué hace un hombre como tú, un sábado a mediodía, ayudando a una desconocida? ¿Dónde está la mujer que espera a su oficial en la mesa con el plato de comida caliente?
—Vaya, ahora hablamos de mí —dijo sorprendido. Elsa estaba en posición de ataque—. Lo mismo podría pensar de ti.
—Soy una artista, ya sabes lo que dicen… —explicó con

una mueca juguetona—. Somos difíciles de tratar.
—Pásate un día por la comisaría y cambiarás de opinión —dijo él. Se sentía nervioso. Esa mujer era más lista que el hambre—. Volviendo a tu hermana, creo que voy a necesitar más detalles.
—¿Por qué no vamos a mi apartamento? —Preguntó ella con descaro. El investigador no pudo reprimir su sorpresa—. Allí tengo todo lo que necesitas.
—¿Invitas a todos los hombres en el segundo encuentro?
—No te equivoques —advirtió ella ofendida justificando su comentario—. Intento ayudarte en la investigación.
—¿Estás segura?
—Es como me han educado —explicó—. Es lo mínimo que puedo hacer, Rojo.
Le gustó cómo pronunció su apellido. Pensó que Elsa tenía razón. De algún modo, se esforzaba por agradecer el esfuerzo y el interés por encontrar a su hermana. Se sintió como un imbécil al pensar que esa mujer, desesperada, estaba dispuesta a acostarse con él para pagarle el favor. Debía poner los pies en el suelo. Se había acostumbrado a los garitos de mala muerte donde el vicio y la perversión estaba a la orden del día. Debía comportarse como una persona decente o, por lo menos, guardar las apariencias.
—Está bien —aceptó incómodo por la propuesta—, pero de manera profesional.
—¿Lo dices en serio? Seré de pueblo... —Preguntó la mujer desconcertada—, pero vivo en el noventa y dos... ¿Y tú? No hay nada de malo en esto.
—Ya me has oído.
Rojo pagó la cuenta y salieron a la calle.
Reticente, aunque permisivo, se dejó llevar por la situación. De poco servía que siguiera engañándose a sí mismo. Estaba disfrutando con todo aquello.
Silencioso, la miró de pie, junto al cristal de un establecimiento.
Era hermosa. Se preguntó si sería uno de esos trenes de los que tanto hablaban. Se preguntó si sería el suyo.

7

Subidos en el Citroën BX rojo del inspector, llegaron hasta la larga calle Ángel Bruna y el policía giró por una de las callejuelas siguiendo las instrucciones de la chica. Le gustaba la sensación de tener una compañía femenina en el interior del vehículo. Elsa olía mucho mejor que Gutiérrez y era más que soportable. Por su parte, sintió que parecía cómoda a su lado. Discreta y silenciosa, miraba al oficial desde su posición de copiloto.

—Es ahí —dijo señalando a un bloque de ladrillo. Estacionó en batería y caminaron hasta la entrada de un bloque de viviendas de once plantas. El barrio parecía calmado. Los edificios tenían todos un aspecto muy similar, como si hubiesen sido pensados para concentrar grandes cantidades de personas. Al final de la calle se podían ver algunas casas de dos plantas, probablemente antiguas y que se encontrarían ya allí antes de construir las torres de viviendas. Rojo dio un vistazo rápido bajo sus gafas de sol: balcones cerrados, persianas bajadas, panaderías, establecimientos y dos bares abiertos con algunos taburetes en la calle. Como en todas partes, las cosas se pondrían más feas cuando llegara la noche. Elsa introdujo la llave, cruzaron el portal y se colaron en un ascensor estrecho y similar al que Rojo usaba en su edificio. Cuando la puerta se cerró, la distancia entre sus cuerpos se acortó. De nuevo, él era más alto que ella,

detalle que no parecía impresionar a la chica.
Elsa sonrió con una ligera incomodidad en su expresión, pulsó el botón número ocho y el ascensor comenzó a subir. La espera se hizo eterna para el policía, que no sabía qué decir, ni cómo actuar. Entre risas nerviosas y un silencio tenso, se mantuvo recto hasta llegar al apartamento. Elsa había decidido no establecer contacto visual con él.
Al entrar en el piso, encontró un escueto apartamento sin demasiados muebles, falto de pintura, dos dormitorios, una cocina, un salón y un cuarto de baño. A pesar de la falta de cuidado, algo que entendió a raíz de la profesión de la chica, todo estaba limpio y en orden. Puede que las hermanas pasaran por un mal momento económico, pensó Rojo y aquello le entristeció por unos segundos.
—Siento el desorden —dijo ella—, pero desde que Luci se fue…
—Descuida —interrumpió el policía—. No tienes por qué hacerlo.
—Espera en la cocina —sugirió y caminó hacia una de las habitaciones. Rojo permaneció pasmado en la puerta viendo cómo la silueta de Elsa desaparecía por la puerta. No podía evitarlo. Esa chica le resultaba irresistible. Se preguntó si se habría dado cuenta ella también. No era muy bueno gestionando sus reacciones. Segundos después, apareció de nuevo caminando de frente, hacia él. En sus manos llevaba dos fotografías—. Esto es todo lo que tengo.
Rojo observó las fotos. Eran otras dos imágenes en formato Polaroid. La primera, similar a la que tenía. En la segunda, Lucía aparecía junto a otra chica, similar a ella y, curiosamente, de aspecto parecido a la joven que habían hallado sin vida en la playa, aunque estaba movida. De nuevo, el maldito rostro de Pomares. ¿Qué tipo de asociación era esa? Ese malnacido se le había quedado anclado en la memoria. Volvió a la fotografía e intentó olvidarse del inspector. Lucía, la hermana de Elsa, iba

vestida como una chica de su edad, quizá, preparada para una noche de fiesta. Notó algo extraño en todo aquello, como si la chica posara para una ocasión especial o un casting de modelos aficionados. Quizá no. Qué sabía él de todo eso. Necesitaba pensar, darle vueltas al asunto, encontrar una pista que le sirviera de arranque. Tenía que largarse de allí lo antes posible. Le gustaba Elsa pero, con su presencia, no lograría concentrarse en el trabajo.
—¿A qué se dedica tu hermana además de poner copas?
—Trabaja, eso es todo, que no es poco…
—¿Quién es? —Preguntó indicando a la segunda chica de la foto.
—No lo sé —respondió Elsa—. Una amiga, tal vez. No la conozco.
—Tampoco sabes con quién se junta tu hermana.
—Puede que sea una compañera de trabajo —respondió molesta—. Ya te he dicho que apenas nos veíamos. No le gustaba hablar de eso. Venía demasiado cansada.
—Ya.
—La tercera la tienes tú.
—Supongo que esto es todo —dijo él decepcionado—. Estas fotos son iguales que la que ya tengo. ¿No tienes un álbum familiar?
—¿Aquí? ¿Para qué?
—No sé, sois hermanas —argumentó—. Las hermanas tienen esas cosas cuando se van de casa.
—Cómo se nota que eres hijo único… —Preguntó ella. Rojo negó con la cabeza—. Por eso no entiendes nada.
—Pues no —contestó—, y tú eres muy lista. No te voy a mentir.
—¿Tienes hambre? —Preguntó ella y se acercó unos centímetros. Con intención o sin ella, Elsa se acercaba a una zona peligrosa. El tono de sus palabras lo volvía todo más complejo. Para él, sus voz había sonado como la de una mujer que se preocupa por su amado—. Puedo preparar algo para los dos, como te he prometido.
El policía retrocedió unos pasos y chocó contra la puerta.

—Otro día, mejor —se excusó y sintió un ligero sudor frío—. Me he acordado de algo que tengo que hacer.
—No es molestia, de verdad —insistió la mujer con dulzura—. Sé cocinar rápido.
—Te lo agradezco, Elsa —sentenció el oficial dispuesto a marcharse—. No es una buena idea. Será mejor que me vaya… Te llamaré en cuanto tenga algo.
La mujer se quedó mirando al oficial con interés. Rojo abrió la puerta y se escurrió por las escaleras sin mirar atrás.
—Menudo imbécil eres —gruñó culpándose de nuevo.
Después se dio cuenta de que le quedaban siete plantas por bajar.

Unas fotos, el nombre de un local y un montón de especulaciones. Sentado en la barra metálica de una cafetería de la calle San Vicente, sentía cómo el rompecabezas le quedaba demasiado grande. ¿De verdad que te vas a meter en esto?, se decía. Era domingo, el *Efesé* jugaba, pero también lo hacían los grandes de primera. Se había recorrido las calles que rodeaban el Molinete. Había interrogado a un puñado de pandilleros y vendedores ambulantes sin ningún tipo de esperanza. Nadie conocía a la chica, ninguno la había visto. Miró por la ventana y estudió el entorno, degradado por los años y la falta de efectivo. Conocía aquello de sobra: las tiendas de zapatos, los bazares, el bar clandestino de homosexuales al final de la cuesta. Dio por hecho que Pomares iría por allí. Qué diría su mujer de todo aquello, pensó. Pero no eran más que eso, pensamientos de un lobo solitario cansado de galopar a las espaldas de otros para atizarles un buen porrazo, corriendo tras los vendedores de droga por los callejones estrechos que salían de la calle San Fernando. Un laberinto de ratas en los que perderse resultaba muy fácil.

Volvió la mirada a ese bar de ambiente gay clandestino. Sólo había una persona capaz de echarle un cable en todo aquel tema y, por orgullo o insatisfacción, no estaba dispuesto a llamar a su puerta.

—Que ten por ahí, Pomares —murmuró. El camarero levantó las cejas y miró a la copa esperando a que la terminara.

En su cabeza daban vueltas varias hipótesis sin éxito. A medida que consumía el coñac de la copa que tenía delante, no le cabía duda de que, lo más posible, esa chica se hubiese escapado por una rabieta. Un comportamiento propio de la edad, típico de la insatisfacción y fruto del exceso de consentimiento. Jamás le llevó la contraria a su padre. Ni por asomo se le ocurrió. Rojo pensó que la chica pronto volvería, todo habría acabado y el asunto quedaría zanjado. Con cada sorbo, se fue convenciendo aún más de ello. Ese pequeño golpe de euforia, producto del calor de la bebida, le llevó a la conclusión de que Elsa sólo buscaba llamar su atención. El pensamiento esbozó una triste sonrisa en su rostro. Después pensó que había bebido demasiado, que se le estaba yendo la mano con el alcohol últimamente y guardó el rostro de la rubia en su cajón de victorias personales. Sin duda, el oficial había tenido un fin de semana distinto, por llamarlo de alguna manera menos trágica, pero debía centrarse en sus quehaceres, poner un poco de orden en su vida y encontrar un sentido a lo que hacía. En ocasiones, era como si viviera en un bucle constante.

Pagó la consumición y caminó hasta su casa. En unas horas, se levantaría de nuevo para ir a la comisaría. Desde el portal, vio, al final de la calle, el letrero verde de tubos de neón del Dower's. Pensó en tomarse la última, pero era un gesto innecesario. El cuerpo era sabio y ya había padecido suficiente. Cruzó la puerta de su casa, dejó la chaqueta a un lado y advirtió la luz roja del buzón de voz.

—Qué extraño… —pensó. Deseó que fuese ella, Elsa. De lo contrario, no serían más que malas noticias. Nadie llamaba en domingo para preguntar cómo estaba. Caminó hasta el salón, sacó un cigarro de un paquete y pulsó el botón de reproducción.

—Santo Dios, Rojo… —Dijo la voz al otro lado. Era Gutiérrez y estaba alterado—. ¿Dónde te metes un domingo? Han encontrado a otra chica en Manuel Carmona… Eso está por Las 600… Puede que sea la niña esa que buscas, no sé… Tampoco me han aclarado qué ha sucedido… Eso sí, te he pasao el soplo, pero yo no te he dicho nada… Así que, si vas, no te pases de listo y que no se entere Pomares, que estará por allí… Llámame cuando puedas.

Un espantoso calor le vino de golpe. No fue cosa del

alcohol. Más bien, una mala corazonada. ¿Y si era ella?, se preguntó. El caso quedaría cerrado.
Se lamentaría de no haber hecho nada por evitarlo.
El final de la semana se le ponía cuesta arriba.

8

Lunes, primer día de la semana y de mes. Febrero mantenía las temperaturas de un invierno ligero y grisáceo. Días de sol y lluvia que acompasaban el ritmo de una rutina de oficina y oscuridad. Tras la llamada, Rojo había picado el cebo de la curiosidad. Para su sorpresa, la chica que habían encontrado no era Lucía, ni la otra chica de la foto. Al parecer, Gutiérrez había llamado demasiado pronto o él había llegado a casa demasiado tarde. Cuando se acercó a la escena del crimen, algunos agentes de la Policía Local se encargaban de cerrar el tráfico para que los nacionales hicieran su trabajo. Ante la presencia de caras conocidas por la oficina, Rojo se limitó a preguntar a los oficiales más jóvenes y les mostró una de las fotos que llevaba encima. Con certeza, los agentes negaron que se tratase de ella, así que se limitó en desaparecer por el mismo camino que había tomado. Antes de irse, vio cómo recogían el cuerpo. La joven tenía el rostro inmaculado, deteriorado por la mala vida. Estaba delgada, desnutrida y sin encías. No parecía haber sufrido, aunque su familia padecería por una buena temporada. Era una pena, pensó. Todo un futuro por delante abandonado en un solar de tierra.

Esa noche no pudo dormir. Tenía el rostro del cadáver fotocopiado en su memoria. No era sencillo deshacerse de una imagen así. Las personas se olvidaban de los policían también eran humanos. Algunos menos que otros, pero guardaban un mínimo de sensibilidad. En su caso, no se había acostumbrado a ver los rostros del último adiós. Y, aunque eran unos años fatídicos donde las escenas se repetían con asiduidad, nunca se estaba preparado para ello. Harto de dar vueltas en la cama, pasó la noche viendo en la televisión uno de esos debates intelectuales de la cadena pública. Alrededor de las tres de la madruga, logró quedarse dormido en el sofá.

Con la jornada como una mochila de piedras a sus hombros, finalmente, había decidido ayudar a esa mujer, ya no por ella, sino por el temor de que Lucía fuera la siguiente. No podía permitirlo. Como una cuestión personal, tomó el asunto de frente y se prometió que daría con una respuesta.

A las diez de la mañana, Rojo aguardaba sentado en su escritorio mientras leía la prensa local. Gutiérrez cruzó la entrada, saludó con un pitillo entre los labios y dejó una estela a Varón Dandy que vició el aire.

—Parece que hoy van a caer truenos —comentó quitándose la chaqueta de cuero. Se ajustó el cinto y buscó una caja de aspirinas en su cajón—. ¿Fuiste a eso?

—Sí, gracias, no era ella… —dijo Rojo. Miró en su compartimento, agarró una caja de pastillas para el dolor de cabeza y se la lanzó al compañero. Éste la agarro al vuelo—. ¿Otra noche dura?

—Qué cojones, mi hija… —explicó—. Me pone de los nervios.

Rojo miró sorprendido.

—No sabía que estuvieras casado.

—No lo estoy —contestó—. Ni divorciado. Eso no me impide ser padre.

De pronto, se produjo un portazo. El tablero golpeó la pared. Pomares apareció vestido de paisano con el rostro enrojecido y el cabello corto y peinado hacia atrás. Frenético, arrastró la gabardina hasta la mesa de Rojo y lo agarró por las solapas de la chaqueta de cuero hasta levantarlo.

—¡Mira que te lo dije, desgraciado! —Gritó a escasos centímetros. Sobresaltado, el inspector Rojo apenas pudo reaccionar. La mezcolanza de cigarrillos y caramelos mentolados llegaba a su nariz. Pomares, superior en fuerza, lo empujó hacia la pared—. ¿Qué coño hacías anoche allí? ¿Eh? ¡Contesta, imbécil!

Gutiérrez se acercó por detrás del inspector, a lo que Pomares respondió con un empujón que lo desplazó varios metros hacia atrás. Aprovechando el despiste, Rojo cogió a Pomares por las muñecas y se deshizo de él.

—¡Estás enfermo, Pomares! —Bramó Rojo recomponiéndose—. No hice nada. Pasaba por allí.

El inspector Pomares, lleno de odio hacia sus compañeros de oficina, señaló con el índice a Rojo.

—¡Se os va a caer el pelo! —Amenazó—. ¡A los dos! Como sigáis así…

—¿Qué? —Interrumpió Gutiérrez al otro lado—. ¿Como sigamos así, qué?

Impotente, se tranquilizó y sacó el pecho hacia fuera. Era su signo distintivo. Estaba en una posición favorable. Tanto Rojo como Gutiérrez sabían que Pomares tenía influencia y contactos suficientes para hacer de sus carreras un camino miserable.

—No interfiráis en una operación secreta, por el amor de Dios… O me encargaré de que os abran un expediente a cada uno —dijo señalando con el índice a los dos—. Sobre todo a ti, valenciano… Lo último que necesito es a dos foráneos aquí para echar por tierra el trabajo de diez años.

—El único valenciano de pura cepa soy yo —dijo Gutiérrez.

—Cierra el pico, listillo —ordenó Pomares—. Seguid a lo vuestro, pronto os llegarán noticias.

La puerta se cerró con otro golpe. Por unos segundos, la tensión se palpaba en la habitación. Gutiérrez miraba a Rojo como un niño pequeño después de una travesura. Menudo comienzo de semana, pensó el oficial Rojo.

—Le has tocado las pelotas al palomo…

—No hice nada, maldita sea —replicó Rojo dolido—. Ni siquiera sé cómo se enteró.
Gutiérrez se encendió, finalmente, el cigarrillo que llevaba entre los labios.
—Las apariencias engañan, parece mentira, valenciano... —dijo con recochineo—. Pomares es hijo de comisario. Lo conocían antes de que se metiera a policía y, además, es de aquí. Todo queda en casa, sigue las normas de su padre que, a su vez, son las de sus colegas que, a su vez, cojean de la misma pata que el alcalde que, a su vez, es del mismo partido que Felipe González... y así.
Boquiabierto, su compañero volvía a sorprenderle.
—¿Tú cómo sabes todo eso?
—Coño, Rojo, que he estado en el Cuerpo de Operaciones Especiales...
—El argumento irrefutable para todo, ¿eh? —Respondió y ambos se rieron—. Por cierto, sobre tu llamada... No he pegado ojo.
—No soy tan cretino como para pedirte algo a cambio —dijo antes de que continuara—. Con otra cena como la del viernes, me vale...
—No, no me refiero a eso.
—¿Es sobre la chica? —Preguntó intrigado con la cabeza medio agachada—. Sigues dándole vueltas al tarro, ¿cierto?
—Este fin de semana —comentó Rojo—. He vuelto a ver a esa mujer.
—La que te llamó a tu casa.
—Esa misma.
—¿Puso la denuncia?
—No —respondió Rojo—. Al menos, nadie la vio por comisaría.
—Y tú tampoco has tenido agallas a preguntarle, vaya... —dijo con tono paternal—. Bueno, ¿qué tienes?
—No mucho, unas fotos —explicó—, un bar y un montón de espacios en blanco. Ayer me di una vuelta por los aledaños del Molinete, pero nadie la conocía. Cuando escuché tu mensaje, por un momento, pensé que sería

ella… Luego, fui al lugar de los hechos, en fin… Era otra pobre chica… Vi su rostro, pálido, sin vida, totalmente ido. Se me encogieron las arterias.
Rojo sacó las fotografías de su bolsillo y se las entregó al inspector Gutiérrez.
—Madre mía.
—No seas cerdo.
—Que no, coño… —replicó insultado—. Podría ser mi hija. La madre del cordero… ¿También está metida en líos de drogas?
—Su hermana dice que no, que tan sólo ha desaparecido —explicó el oficial—. No son de aquí, como la chica que tenía Pomares en su tablón.
—¿Te la has cepillado?
—¿Eres imbécil?
—Entonces, ¿por qué lo haces? —Preguntó curioso—. No tienes motivos para cruzar la línea del palomo…
—En eso tienes razón —dijo obviando la parte donde se sentía atraído por Elsa—. Pero… ¿Y si aparece con un final parecido? Puede que sea el hastío de esta ciudad, pero la expresión de esa chica me dio un vuelvo de conciencia.
—Y de estómago…
—Escucha, mi trabajo es hacer el bien —dijo—. Encontraré a esa chica.
—Y bien que harás, ya lo creo…
—Contigo es imposible hablar con seriedad —respondió Rojo molesto—. Esa chica puede estar en peligro.
—Que sí, pesado… —contestó quitándole hierro al asunto. Rojo estaba un poco denso para soportar el humor ácido de su compañero—. De valenciano tienes tú lo que Pomares, ¿eh? Qué poco humor, la leche… ¿Quién es la otra?
—Una supuesta amiga —explicó Rojo—. Es lo que intento averiguar.
—Pues vaya, cómo está el asunto —comentó ojeando las imágenes—. Si nos descubren, sin tener asignada una misión, nos pueden dar garrote vil, Paco…

—Ni que eso te asustara —contestó—. Entonces qué, ¿me vas a ayudar?
—Puede que esa noche estuviera algo bebido… —argumentó—, pero mantengo mi palabra.
—No esperaba menos de ti —respondió—. Con o sin alcohol, Gutiérrez.
—Eso es lo que más me preocupa, Rojo —dijo su compañero—, que esperas algo de esta vida.

Una semana densa, llena de papeleo y burocracia para justificar la ausencia de resultados. El ambiente en la oficina seguía tenso tras la muerte de la última chica. Las protestas obreras no cesaban y los políticos no hacían más que ignorar el problema. El malestar general se podía sentir por las calles, donde los temas de conversación eran lo más parecido a una partida de frontón. Al caer la tarde del miércoles, Rojo abandonó el puesto de trabajo, se subió al coche y condujo hasta la dirección que Elsa le había indicado. No había vuelto a saber de ella desde el encuentro en su domicilio, por mucho que le pesara. Tomar distancia era la única forma de centrarse en su trabajo y aclarar sus sentimientos.
La calle San Agustín era larga, poco espaciosa y estaba limitada por dos muros de viviendas que se levantaban hacia el cielo. Se encontraba un poco alejado de la zona de bares, pero no le sorprendió lo más mínimo. El caso antiguo de la ciudad era un laberinto de calles estrechas que se juntaban unas con otras, propio de las antiguas ciudades amuralladas. Aparcó en la plaza colindante y divisó el pub Watios en una esquina. Esperó en el interior del vehículo, puso la mano en su cinto y sintió la pistola. No tenía intenciones, ni siquiera, de mostrarla, aunque un policía debía estar siempre preparado para lo que pudiera suceder. No sabía lo que encontraría. Tampoco era la primera vez que se lanzaba al interior de un bar con las puertas cerradas.
Contempló la entrada durante un rato y divisó un camión abierto y a un proveedor de barriles de cerveza entrando la mercancía. Miró su reloj de pulsera, eran las diez de la noche, una hora sospechosa para hacer el reparto. Aguardó en el interior del coche escuchando esa cinta de clásicos. Tom Waits cantaba Heartattack and Vine mientras el oficial esperaba al momento oportuno para entrar en el

local. Nadie sospechaba de él. La luz amarillenta de la noche lo escondía como a un felino buscando raspas en los contenedores. Cuando el camión hubo desaparecido, bajó del vehículo y caminó hasta el bar. Empujó la puerta y encontró un pub vacío con olor a polvo y desinfectante. Estaba seguro que, durante el fin de semana, se lo montarían bien allí. En la barra, una muchacha de melena oscura, vestida con un top blanco, mostraba el ombligo mientras colocaba los vasos en su sitio. Era guapa, pensó, y joven. Tras ella, carteles de ofertas sobre las consumiciones, botellas de whisky, ginebra y vodka, de dudosa procedencia, y varios altavoces. Al otro lado del local había una tarima, donde Rojo supuso que se subiría la gente a bailar. La chica lo miró con desconfianza y temor. De fondo se escuchaba música española de un radiocasete. El oficial caminó hasta la barra y se sentó en un taburete.

—No hemos abierto —dijo la chica—, todavía.

—Sólo quiero tomarme una cerveza —respondió—. ¿Tanto te cuesta?

La chica, sin ganas de discusión, abrió una nevera que había tras la barra, sacó un botellín de cerveza y lo destapó delante del inspector.

—Aquí tienes.

Rojo puso una moneda de cien pesetas sobre la madera. La chica la cogió y la metió en la caja, aunque no le devolvió el resto. Insultantemente caro, pensó el oficial. Era una buena estrategia para quitarse de encima a borrachos y clientes problemáticos.

En su búsqueda de detalles con los que conectar a la desaparecida, no tardó en darse cuenta de algo demasiado obvio para su experiencia como policía. Sacó una de las fotos del interior de su chaqueta, en concreto, la que aparecía Lucía junto a otra chica. A pesar del pobre enfoque que ofrecían las cámaras instantáneas, confirmó una ligera similitud con la camarera.

Pensó que podría ser una coincidencia, fruto de la necesidad de atar cabos, pero, si algo había aprendido

durante sus años, era a seguir su intuición. A las pruebas se llegaba. A las intuiciones, se les escuchaba.
Volvió a mirar a la chica en silencio, esta vez más confiado. Ella no se mostraba cómoda, aunque estaba acostumbrada a lidiar con borrachos.
—¿Vas a tomar otra? —Preguntó con sequedad mirando al botellín. Rojo se había bebido la mitad en dos tragos—. Lo digo porque están sin enfriar.
—No —contestó indiferente—. Estoy buscando a alguien, tal vez me puedas ayudar.
—Tal vez —dijo sin empatía. Tenía los ojos grandes y saltones. Los pómulos redondos y la cara alargada. Él aguantó la mirada. Era bonita, en su forma. Para Rojo, todas las mujeres lo eran, sin excepción alguna. La belleza, en su modo de entender el mundo, era demasiado subjetiva como para debatirla.
—¿Sabes si Lucía viene hoy? —Preguntó. La chica levantó la mirada. El nombre de la desaparecida causó el efecto que el agente esperada. Durante una milésima de segundo, su cuerpo se detuvo. Tiempo suficiente para reconocer las señales. Rojo había engullido suficientes interrogatorios como para descodificar, al vuelo, las respuestas humanas.
—No conozco a nadie que trabaje aquí… —contestó—, con ese nombre.
—Vaya —respondió él con una sonrisa pícara. Después acercó la fotografía a la camarera—. Puede que esto te ayude a recordar.
La joven contempló la instantánea nerviosa. Ni siquiera se molestó en dejar el vaso que aguantaba para sostenerla. Después de varios segundos, miró al policía.
—¿De dónde la has sacado?
Rojo guardó el documento en su chaqueta.
—Eso no importa ahora —contestó dando un trago a su cerveza. Buscó el tabaco en el bolsillo de su pantalón y comprobó que le quedaban los últimos dos cigarrillos. Sacó uno para él y le ofreció el otro a la joven que, nerviosa, no dudó en aceptarlo. Después le ofreció fuego y

fumaron—. ¿Sabes dónde está?
—No conozco a esa chica... —dijo ella y miró a la trastienda—. No sé quién eres, pero será mejor que te vayas. Aquí no vas a encontrar más que problemas con tus preguntas.
—Salís en la misma foto.
—Puede ser cualquiera —dijo ella—. Puede ser una fiesta. No sé... No recuerdo haberme hecho una foto... ¿Eres policía o qué?
—¿Sois amigas? —Insistió—. ¿Quién os hizo la foto?
—De verdad, tío, márchate —prosiguió la chica mirando de reojo a la parte trasera de la barra y a la entrada—. Si no vas a beber, mejor que te vayas.
De pronto, se escuchó el ruido del roce de la puerta y, a continuación, unos pasos que se acercaban al interior.
—Está cerrado —dijo una voz masculina procedente de la espalda del policía.
Sin girarse, Rojo dio un ligero trago de lo que quedaba en su botella. Dar la cara hubiese sido un error.
—Pues parece lo contrario —contestó el inspector.
Un hombre de su edad, moreno, de unos treinta años, con el pelo ensortijado y una chaqueta de cuero como las que llevaban los motoristas. Tenía algo en su oscura mirada que despertó la atención del policía. Lo había visto antes y esos ojos nunca traían nada bueno.
El hombre cogió la cerveza que había sobre la barra y Rojo detuvo su brazo cogiéndolo por la muñeca—. Espera, me queda un trago.
Se lo quitó de la mano, vació la botella y la puso sobre la mesa.
—¿Listo? —Preguntó hostil—. Ahora, largo. No molestes a la chica.
—¿La simpatía no va en el precio?
—Ya me has oído.
El policía miró a la joven, que observaba en la distancia. Rojo era consciente de que su presencia, allí dentro, no haría más que entorpecer su investigación. Había dado con

algo, con una pista, aunque debía ser cauto. Posiblemente, la camarera se refiriera a ese individuo cuando hablaba de problemas. Levantó las manos a modo de sumisión y caminó hasta la salida. Al cruzar la puerta, escuchó cómo el individuo gritaba a la joven recordándole que no hablara con los clientes. Tiró el cigarrillo al suelo y, para su sorpresa, se topó con otros dos tipos, de aspecto parecido, apoyados en la fachada que había frente al bar. Uno de ellos, delgado, apuesto y bien vestido, le clavó la mirada.

—¿Te pasa algo, colega? —Preguntó sin miedo.

—Pasa de él, Ramón, es un viejo —reprochó el otro.

Rojo guardó silencio y siguió su camino ofendido. Allí se cocinaba algo y pronto sabría el qué. Le habría partido la mandíbula a ese niñato con muchas ganas, pero no habría servido de mucho. Pensó en caminar hasta su coche, pero entendió que tampoco sería una buena idea. Esos dos iban con el chico del bar. Así que tomó otra dirección y dio la vuelta a la manzana.

Cuando alcanzó el vehículo, la calle se encontraba, de nuevo, desierta y silenciosa. Entró en el sedán y bajó una ventanilla para que corriera la brisa húmeda de la noche. Aguardó un buen rato con los huesos congelados. Era lo que más odiaba de las guardias. Pero mejor solo que mal acompañado. Podía hacerlo por su cuenta. Si no había llamado a Gutiérrez era, precisamente, por esa razón. Lo habría arruinado todo. El valenciano tenía muy poca correa con el resto de la sociedad.

Harto y somnoliento, volvió a mirar el reloj. Faltaban diez minutos para la una de la madrugada cuando vio salir a la chica del bar. Si la abordaba, no haría más que asustarla, por lo que optó por seguirla. Después de bajar la persiana, la camarera caminó tiritando de frío en dirección contraria a la del oficial y se subió a un vespino de color negro. Rojo puso en marcha el motor y la siguió en la distancia. Cruzaron el puerto, con las olas del Mediterráneo rompiendo en el muelle, y bordearon el caso antiguo hasta la esplendorosa plaza de la Merced, donde se encontraba el modernista decimonónico Palacio de Aguirre, que luchaba sin éxito por mantener la esencia aristócrata que algún día había tenido la ciudad. Después, la chica aminoró y se metió en uno de los callejones que morían en la calle Duque. Rojo redujo la velocidad y vio cómo entraba en uno de los portales.

—La próxima vez… —murmuró al observar a la chica—. Serás más simpática.

Pisó el acelerador y siguió recto bajo la luz de las farolas.

9

Las cábalas no tardaron en llegar a la cabeza del inspector. Sabía que la chica del bar le ayudaría a encontrar a la desaparecida Lucía. Era cuestión de tiempo reunirse con ella, pero debía ser cauto y delicado. Observó sus horarios. La siguió durante varias noches y vigiló los trayectos que tomaba para regresar a casa, pero el momento oportuno nunca llegaba, siempre ocurría algo, siempre pensaba que la muchacha saldría corriendo al verlo. Le había sucedido en otras ocasiones. Dialogar con un policía no era fácil. Así que decidió alargar la espera hasta que bajara la guardia y que lo confundiera con quienquiera que la chica hubiera creído que era. La investigación resultaba ir más despacio de lo que había pensado en un primer momento, aunque lo mantenía entretenido y fuera de su rutina habitual. Sin embargo, por un extraño motivo que desconocía, Elsa seguía sin poner la denuncia y sin llamar al oficial, y eso le molestaba. Mientras Gutiérrez se entretenía interrogando a los desalmados que encontraban vendiendo hachís en las puertas de las residencias de estudiantes, Rojo marcaba un mapa mental de lo que había recabado hasta la fecha. Hizo algunas llamadas y comprobó que el bar tuviera los papeles en regla. Así era. Nada que ocultar de cara a la legalidad. Pensó que hubiera sido un motivo, más que suficiente, para irrumpir allí e interrogar a los dos que estaban en el local, pero tendría que encontrar una alternativa. Durante su búsqueda, aprovechó para merodear por el vecindario de la camarera y preguntar a los vecinos del edificio. La mayoría de ellos, jubilados y estudiantes, desconocían quién vivía en el apartamento y, si habían visto a la chica, su nombre. Algo que no tardó en solucionar al apuntar la matrícula del ciclomotor y obtener el nombre de María Teresa Salgado Robles.

Casi una semana después, Rojo estaba de nuevo allí, estacionado en la plaza de La Merced, escuchando el runrún de las noticias de la madrugada y esperando a oír la melodía del vespino. Cuando la camarera giró la esquina, redujo la velocidad y sacó la llave del contacto de su motocicleta, escuchó las pisadas del oficial entre el silencio de la madrugada.

—Hola, María Teresa —dijo con voz grave caminando hacia ella—. ¿Te acuerdas de mí?

La chica tenía el semblante horrorizado. Intentó correr hacia el portal, que se encontraba a escasos metros, pero el policía la alcanzó por el brazo, la sujetó por la espalda y le tapó la boca con la mano para evitar que gritara.

—¡Déjame! ¡Socorro! —Bramaba. Sin dudarlo, le mordió la mano. Rojo soltó un grito de dolor y rebajó la fuerza.

—¡Soy policía! —Exclamó sin soltarla aguantando el dolor—. ¡Estate quieta, coño!

Al ver la placa del inspector, la muchacha cesó de gritar y retrocedió unos metros.

—¡No puedes hacer eso! —Gritó nerviosa. Estaba sobresaltada. Rojo se había merecido el mordisco. No eran formas de acercarse a una chica en plena noche—. ¿Estás mal de la cabeza o qué?

—Cálmate o te pondré las esposas, joder —dijo casi recuperado—. Sólo quiero hablar contigo. No me montes un pollo ahora.

La chica miró a la calle buscando una salida.

—Ni se te ocurra, que te las verás conmigo.

—¿Qué quieres? —Preguntó exaltada—. Yo no he hecho ná. ¿Por qué me sigues? Ya te dije que no te puedo ayudar…

—Sí, sí que puedes… —dijo el policía a unos metros de

ella bajo el foco de una farola. Al inspector le pareció que la chica era menos fina de lo que aparentaba, por lo que no le sorprendió que hubiese sido tan seca con él en el bar. De repente, una ligera llovizna calaba en sus ropas—. Quiero que me ayudes a encontrar a Lucía.

—Acho, que no puedo, de verdad —insistió temerosa—. Si hablo contigo, se enterarán y me arruinarán la vida.

—¿Quién? —Preguntó el policía—. ¿Ése del otro día?

—Entre otros.

Los nubarrones que alcanzaban el cielo oscuro provocaron que la lluvia cayera con más intensidad. La chica tenía el cabello y los pómulos empapados. Su expresión distaba de la joven antipática y distante de mirada saltona. Rojo observó la calle y vio un bar con la persiana a medio bajar y luz en el interior. Una práctica muy dada a los tugurios que se negaban a cerrar más allá de las doce para que los clientes siguieran emborrachándose.

—Vamos ahí —dijo con voz paternal—, antes de que agarres una pulmonía.

Cuando levantó la persiana, el propietario del bar salió para impedir su entrada. Era un tipo gordo y sin cuello con un jersey de punto rojo y una camisa blanca bajo éste.
—Está cerrado —dijo el tipo intentando impedir que Rojo contemplara el espectáculo. Nada nuevo que no hubiese visto: un par de hombres durmiendo en una mesa, una pareja formada por un hombre y una mujer también ebrios como cubas y un viejo bebiendo coñac en la barra—. No puede estar aquí.
—¿Va a llamar a la Policía? —Preguntó Rojo. El dueño miró a la chica.
—Joven, no me hagas callarte esa boca —respondió hostil—. Haz el favor y vete a tu casa. Este no es lugar para vosotros.
Rojo mostró su placa y vio cómo el rostro del hombre se encogía por momentos.
—Inspector Rojo —añadió—, ya que nos ponemos familiares.
—Oh, disculpe, verá… —balbuceó el hombre sin moverse de su sitio—. Esto no es lo que parece, es una reunión familiar.
—Déjese de monsergas, ¿quiere? —Ordenó echándolo a un lado—. Prepare dos cafés y una infusión para esta chica.
—Sí, claro.
Caminaron hasta un rincón y se sentaron en la curva de la barra. A los que estaban allí no parecía importarles la presencia del oficial y la chica.
El hombre sirvió lo que había pedido.
—Póngame una copa de coñac —ordenó Rojo—, antes de que se termine la botella el de la barra.
—Sí, claro, inspector.
—Bebe, te sentará bien —ordenó a la chica que no tardó

en sorber el agua caliente para recuperar la temperatura en su cuerpo—. Ahora, quiero que me cuentes lo que sabes de Lucía.
La joven estaba a punto de llorar, pero no le suponía una barrera para seguir con sus preguntas
—Perderé el trabajo.
—Lo perdiste en el momento que entré por el bar —respondió chulesco—. Me puedes contar lo que sepas y desaparecer... O puedo ser yo quien aparezca mañana por allí. Tú verás.
Las lágrimas se deslizaban por sus carrillos.
—Hace una semana que no aparece por el bar... —explicó la chica con las manos pegadas a la taza humeante—. No éramos amigas, sólo trabajábamos juntas... ya *sabeh*...
El inspector percibió el acento marcado en su dicción.
—¿Vives sola?
Ella aguardó su respuesta. Después agachó la mirada.
—No, con dos zagalas más.
—¿De dónde eres? —Preguntó el policía—. De aquí, no...
—Míralo, qué listo —respondió, pero no le hizo gracia alguna al policía—. De Los Dolores...
—Ya —contestó—. Buscando un porvenir.
La respuesta irritó a la muchacha.
—Pijo... —dijo espontánea levantando la voz—, haciendo lo que se puede.
—No te juzgo, tranquila —contestó él—. ¿Quién era el que te gritaba?
—Manuel, el encargado —respondió—. ¿Por qué buscas a Lucía? Ella ya es *mayorcica* para saber lo que hace...
Eso mismo se preguntó el agente. Sin embargo, le había prometido a Elsa que la buscaría. No se lo podía quitar de la cabeza.
—¿Por qué no te dejan hablar con clientes? —Cuestionó Rojo—. ¿Hay algo que no quieren que se sepa?
De nuevo, sopesó la respuesta.
—Es por lo de esas chicas, las noticias, ya sabes... —argumentó—. Están con la paranoia de que nos chivemos.

—De la droga que pasan —dijo Rojo—. ¿Quiénes eran los de la calle?
—¿El moreno? —Preguntó y Rojo asintió—. Ramón y su colega.
—Ramón.
—Joder, colega —contestó la chica cansada—. Hay que dártelo todo con cuchara.
—Modera tu boca —advirtió él—, o te la cerraré para siempre… El tal Ramón es el que vende en el local. ¿Cómo es que tu jefe se lo permite?
—Porque se saca comisión, tonto no es… —dijo con una mueca de desprecio—. Además, que él también le da…
—¿A qué?
—Pues a todo.
—¿Lucía también?
—¿Esa? —Dijo retóricamente—. Depende del día, pero no, ella pasaba.
—¿Y tú?
—Ni hablar, por eso seguía ahí.
—Explícame eso último.
La chica parecía hartarse de tener que contárselo todo al policía, pero sabía que no tenía alternativa.
—Lucía estuvo de novios con Ramón un tiempo.
—¿El camello?
—Es buen chico, lo hace para sacarse unas perrillas…
—Ya.
—Que sí, que iba a los Maristas —justificaba. Rojo entendió por qué lo protegía y por qué le caía tan mal Lucía. Le gustaba ese joven—. Luego se le murió el padre y se le torció la vida. Ya ves…
—Si él estaba el otro día ahí… —preguntó intrigado—. ¿Dónde se encontraba ella?
—Yo que sé, eso lo sabrá Manuel… —rechistó. Rojo seguía alucinando. A la chica le fallaban más y más los modales, a medida que recuperaba el calor—. A mí me pagan por poner copas y tener el *piquico cerrao*.
—¿Crees que pudo volver con Ramón? —Preguntó

Rojo—. ¿Y que eso le molestara a tu jefe?
La chica miró al agente. No tenía una respuesta para él. Rojo interpretó que había exprimido todo el zumo.
—¿Sabes? —Dijo ella—. Todo puede ser. Yo sólo quiero trabajar, ganarme el jornal y dedicarme a mis cosas. No he *salío* del pueblo pa meterme en otro *fregao*.
En un último movimiento, Rojo puso la fotografía que le había mostrado anteriormente sobre la mesa.
—¿Quién os hizo esta foto?
La chica miró la instantánea, la tocó con los dedos y sonrió como si se tratara de un buen recuerdo.
—Manuel.
—¿Con qué motivo?
—Dijo que parecíamos modelos… —respondió con la sonrisa de una adolescente en el rostro—. ¿A que sí?
El inspector guardó la foto en su chaqueta y memorizó las palabras de la chica. No se creyó nada de lo que le había dicho.
—Gracias por tu ayuda —sentenció el policía—. Ahora, puedes irte a dormir. Te recomiendo que busques otro trabajo.
—¿Qué vas a hacer? —Preguntó preocupada—. Ellos no te darán más que problemas. Tienen contactos, conocen a gente… Esto es un caso perdido, esa zagala estaba loca…
—Ya me has oído —insistió y se bajó del taburete—. Espero no verte de nuevo, María Teresa.

10

Con el viento matinal de cara, Rojo y Gutiérrez caminaban bajo la sombra del edificio donde se estaba Radio Nacional de España. El paseo Alfonso XIII tenía otro color cuando se recorría a pie. Había dormido poco. Los cambios de presión atmosférica le sentaban como un tiro en la sesera. Casi peor que los desamores. Con una buena dosis de cafeína y las ideas más claras, no tardó en conducir hasta los aledaños de la residencia de estudiantes Alberto Colao que, a su vez, encaraba a una de las entradas del colegio católico de los Maristas. La estrecha peatonal Francisco Lasso de la Vega y Orcajada se convertía en una pasarela de mestizaje que concentraba una amalgama juvenil de tribus urbanas: jóvenes antisistema con crestas de colores, cabezas rapadas, delincuentes, traficantes de droga barata y estudiantes bien vestidos procedentes de familias adineradas. Lo más común era encontrarse a adolescentes que se saltaban las horas escolares para pedir dinero a golpe de navaja. La residencia de estudiantes la formaba un bloque de cinco plantas plagadas de habitaciones. Una posada para quienes iban a la universidad. Frente a la entrada, una mujer vendía bocadillos de tortilla de patata, periódicos deportivos y cigarrillos sueltos a quien los pagaba.

—No sé qué se nos ha perdido aquí, Rojo —musitaba el inspector Gutiérrez—. Esto está lleno de chiquillos haciendo pellas.

—Te pasas todo el día igual —respondió—. Con suerte,

hoy matemos dos pájaros de un tiro.
—La suerte es para los perdedores.
Rojo estaba decidido a encontrar al famoso Ramón entre la multitud. Donde había chicos universitarios con dinero, siempre existía alguien que se encargaba de suministrarles horas de diversión a buen precio. Tal y como había descrito la camarera, Rojo entendió que el moreno debía conocer la zona y tener sus contactos. No guardaba la apariencia del típico camello que solían encontrar entre los callejones de la calle Mayor, por lo que moverse en esos círculos era parte de su vida social. Tenía sentido: joven, bien relacionado y lo suficientemente listo para hacer dinero rápido. Una mina de oro a los ojos de las foráneas que, en busca de un futuro mejor, no recibían más que un chusco de pan duro. Pensó en lo mucho que se sorprenderían algunos padres si supieran de dónde procedía el dinero que sus hijos ganaban para pagarse los caprichos.
Los agentes se detuvieron junto a uno de los bancos. Los estudiantes observaban sus movimientos con burlas. Era difícil pasar desapercibido con Gutiérrez al lado.
—Estos sitios me ponen de los nervios… —comentó enfundado en una chaqueta con el cuello forrado de piel de borrego—. Me recuerdan al instituto de mi hija.
—Eso me indica que tenemos una conversación pendiente —dijo Rojo—. He avanzado en el caso de la chica. Las mañanas desmotando trapicheos tienen las horas contadas.
—Dios te oiga, macho… —dijo con sorna—. ¿Qué tienes?
—Un soplo.
—¿Desde cuándo tienes contactos en la ciudad?
—¿Desde cuándo te importa eso?
—Pues también es verdad… —respondió Gutiérrez mirando a la multitud—. Tanto secretito del carajo…
—Te pedí ayuda y te he traído aquí —explicó Rojo antes de que se cabreara el compañero. A veces, era como un niño encerrado en un cuerpo de adulto—, porque te necesito. Si no, no te metería en este meollo.

—Bien, bien, así me gusta, cojones —respondió con efusividad—. Eso es, Rojo, unidad.
La vista de águila del oficial Rojo se puso en el movimiento de un joven vestido de chaqueta vaquera, jersey negro y camisa. Junto a él, el otro chico que lo acompañaba cuando el inspector abandonaba el bar y, además, un tercer desconocido. Todos tenían el aspecto juvenil y desenfadado de la época, la apariencia perfecta para pasar desapercibidos allá donde fueran. Desde su posición, contempló cómo se acercaban a saludar a un grupo de chicos que había apoyados en unos maceteros. Después, miró alrededor y sacó una bolsita que intercambió por un billete de dos mil pesetas.
Rojo chasqueó los dedos delante de Gutiérrez y se acercaron al grupo con paso ligero. Cuando el chico se encontró con la mirada del inspector, no tardó en identificar que era un policía.
—¡Alto ahí! —Gritó Rojo—. ¡Policía!
El montón de jóvenes se dispersó y el chico moreno salió corriendo a toda velocidad. Rojo fue tras él con el fin de recortar ventaja y atraparlo. De pronto, casi al final de la calle, el joven se metió por una entrada que llevaba a las pistas deportivas de la Casa de la Juventud. Cuando Rojo llegó, vio como se escabullía entre otros transeúntes por la entrada principal.
—¡Mierda! —Exclamó y siguió tras su pista sin desistir. Pensó que, probablemente, se escondería en alguna oficina o atravesaría el edificio para llegar al paseo. Se dijo a sí mismo que, si no lo cazaba allí, lo perdería. El oficial llegó hasta la entrada donde la gente caminaba en sendas direcciones, ya fuese porque iban a la emisora de radio que había en la primera planta o a los despachos de la planta baja.
—¿Ha visto a una chico correr? —Preguntó a una recepcionista—. Soy policía.
—Se ha marchado por allí —dijo la mujer señalando a la entrada. Desanimado y asfixiado por la falta de práctica,

llegó hasta la entrada y cruzó la puerta.
Cuando salió al exterior, vio a Gutiérrez sonriente acariciándose el puño derecho. A sus pies, el joven en el suelo retorcido de dolor.

A los ojos de los transeúntes y bajo los árboles del paseo, Rojo y Gutiérrez acorralaban al chico contra uno de los muros que separaban las pistas de tenis de la calle. El ruido de los tubos de escape de los vehículos y los motores sin fuerza de los ciclomotores ponían la banda sonora a una mañana fresca y ventosa.
Mientras el joven se recuperaba, Gutiérrez disparaba una batería de preguntas antes de darle la primera bofetada.
—¿Eres consciente de lo que haces? —Preguntaba con tono acusador—. Esto te va a salir caro, sinvergüenza.
—Si me tocáis —amenazó—, os van a meter un puro que os vais a cagar.
—Hay que joderse con el crío este… —comentó Gutiérrez y, acto seguido, le dio una fuerte palmada en el lateral del cuello. Se escuchó un sonido hueco que espantó a los pájaros. El chico bramó de dolor—. ¿Quién te crees que eres? Te vienes con nosotros a comisaría, pero ya.
—Espera —dijo Rojo interviniendo por medio—. No creo que sea necesario.
—No pienso decir nada, quiero hablar con mi abogado antes —repetía el chico—. La acabáis de cagar, cuando se entere mi padre…
—Tu padre no tiene por qué enterarse de nada —interrumpió Rojo—, mientras nos contestes a unas preguntas, Ramón.
El chico levantó la mirada. Parecía un pollo asustado.
—¿Qué coño haces, Rojo? —Preguntó Gutiérrez confundido.
—Tu cara me suena —dijo el chico—. Tú estabas en la Watios el otro día. Mira que lo sabía…
—No tan rápido, listillo —replicó Rojo—. Dinos dónde está Lucía y nada de esto habrá sucedido.
—¿Qué?
—Eso digo yo —intervino Gutiérrez—. ¿De qué estás

hablando?
—Sé que estuvisteis saliendo juntos —explicó Rojo—, y que te dejó por el encargado del bar. También sé que llevaste muy mal la ruptura.
El chico se puso nervioso, como si no entendiera nada.
—¿Quién te ha contado semejante tontería? —Preguntó confundido—. ¡Eso es mentira! De hecho, bueno… Mejor me callo.
—Termina lo que ibas a decir —ordenó Rojo.
—Quien lo dejó, fui yo, a ver si te enteras —contestó el chico—. Esa lo que iba buscando era dinero, pero yo no le iba a dar un duro… Así que no tardó en irse con el otro, que se las camela y a saber qué les cuenta.
—El otro es Manuel.
Gutiérrez miraba a los dos y movía el bigote desconcertado, sin entender de qué hablaban.
—Sí, pero que, vamos… —dijo y sonrió—. Puro interés, que luego… venía a mí y me decía que volviera con ella.
—Vaya con la amiga… —comentó Gutiérrez con afán de participar en la conversación.
—Me estás diciendo que estaba con los dos, al mismo tiempo.
—Sí, sí, pero duró poco la cosa… —explicó el chico más relajado—. Le dije que no quería líos, que Manuel es cliente y yo, de esas cosas, mejor paso.
—¿Dónde está ahora la chica? —Preguntó el oficial. Su semblante seguía igual de tenso desde el comienzo del interrogatorio—. ¿La has visto últimamente?
—Yo qué sé… —dijo quitándose responsabilidades—. Hace como dos meses que no sé de ella, y mejor, ¿sabes? Si no está en el bar… pues la habrán largado, a saber…
—Interesante.
—Bueno, ¿qué? —Preguntó Ramón—. Ya tenéis lo que quería. ¿Me puedo largar?
—Eh, eh… No tan rápido —intervino Gutiérrez—. No te vas a ir de rositas.
—Déjalo, Gutiérrez —ordenó Rojo—. Deja que se

marche.
—Me cago en todo, Rojo…
—¿Es que Lucía ha desaparecido? —Preguntó con cierto dolor en su mirada—. ¿Le ha pasado algo?
—Preocúpate de que no te volvamos a coger —dijo Gutiérrez—. ¿Entendido? Y la próxima vez que te den el alto, te paras.
El chico se dio media vuelta y caminó en dirección a la puerta del colegio donde lo habían encontrado.
—Tenemos que volver a ese bar.
—Rojo, estamos armándola… —dijo Gutiérrez con preocupación—. Ese chaval podía servirnos de prueba, al menos, para rellenar un informe. ¿A qué demonios juegas?
—¡Maldita sea, Gutiérrez! —Bramó harto de las quejas de su compañero—. ¿Qué quieres, la zanahoria o la madriguera?
—Sé lo que no quiero —respondió—. Terminar de guardia jurado, ¿vale?

Al final de la jornada, Rojo conducía por la soledad de Ángel Bruna guiado por el instinto y las ganas incontenibles de volver a ver a Elsa. Estaba ansioso por decirle que sabía algo más, que tenían una pista que seguir y también que le gustaba, más de lo que creía, aunque esto último sólo rondaba por su cabeza en forma de final de película antigua. Tal y como había memorizado, desvió el coche por las calles que llevaban hasta la torre de ocho plantas en la que vivía ella. Era de noche, apenas había gente por la calle y el oficial se sentía más nervioso de lo normal. Todavía se lamentaba por no haberse quedado, si tan sólo la hubiera besado…
Bravo, detuvo el coche bajo un árbol y miró hacia el balcón. No había luz en el salón. Después comprobó el reloj y vio que eran las nueve de la noche, la hora de la cena. Un tanto extraño, pensó. Tal vez, ese día la suerte no le acompañaba. Se dijo que volvería en otra ocasión cuando vio la luz del portal encendida. Puso la llave en el contacto y observó a una pareja, a lo lejos, salir del edificio. Su estómago se encogió y fue incapaz de arrancar el motor. Era Elsa, con otro hombre, un desconocido. Lo primero fue un dolor agudo en el pecho, a pesar de que no tuvieran nada serio. Después, un fuerte golpe de realidad lo sacó del ring emocional en el que se encontraba. Separó la mano de la llave y continuó expectante en plena oscuridad. Elsa y el hombre parecían conversar sobre algo y caminaban en dirección contraria. El policía vigilaba a lo lejos, desde el otro lado de la calle y entonces se dio cuenta de lo bonita que estaba y lo tonto que había sido dejándola escapar. El hombre llevaba un abrigo largo, era más alto que el oficial, lucía unas gafas de pasta marrón y tenía el cabello peinado hacia atrás. En resumen, iba bien vestido y tenía clase, algo de lo que carecía el inspector. Buena percha, pensó, como solían decir y, seguramente, una cuenta bancaria más

holgada que la suya. Dio un golpe de rabia contra el volante y sonó el claxon por accidente. La pareja se giró y Rojo se tumbó hacia el lado del copiloto.
—Dios mío, qué patético eres… —murmuró en lo alto. Dieron media vuelta y doblaron por una esquina desapareciendo del campo visual del agente. Rojo estaba dolido, pero la verdad era aquella: Elsa era demasiada mujer para él. Los trenes pasaban una vez y el suyo ya iba por Madrid. Como una ametralladora, maldijo a todo aquel que le vino a la mente para terminar asumiendo que él no se merecía tal cosa.
Cabreado, arrancó el vehículo y regresó a casa.

11

Esa misma noche, los dos inspectores hacían guardia en el interior del sedán francés de color rojo. Una noche cerrada más fresca de lo normal. Los bares se solían llenar de jóvenes con ganas de exprimir las horas del fin de semana. No obstante, a pesar de ser viernes, las callejuelas del casco histórico parecían más silenciosas que de costumbre. Rojo comprobó que se estaba quedando sin gasolina, pero pensó que la operación no les llevaría demasiado. Por la radio, el locutor de Radio Nacional de España entrevistaba a Mariano Arpones, uno de los portavoces de Comisiones Obreras en Cartagena, que se mostraba crítico ante los cierres de las fábricas, la precariedad laboral que estaba sufriendo el municipio y la actitud indiferente de la clase política ante el problema. El mismo de siempre, pensó. Le sonaba su nombre.

—Arpones, menudo apellido —comentó Gutiérrez recostado en el asiento del copiloto—. Estos la van a liar, ya verás, y no les faltará razón…

De pronto, le vino a la cabeza la foto del diario en la que un portavoz salía con una pancarta reivindicando una solución al problema.

—Recuerdo haberlo visto quejándose en las noticias.

—¿Pero has visto el odio que lleva encima? —Preguntó—. Éste, otro como Pomares…

—¿A qué te refieres?

—Palomo, Rojo… —dijo molesto—. Otro palomo…

—¿Cómo estás tan puesto en el asunto?
—El quinto sentido, Rojo…
—El sexto, querrás decir.
—Pues eso… —rectificó—, que no hay más que verlos.
—Pues muy bien, Gutiérrez —sentenció el oficial—. A mí, esas cosas, me importan tres pares de cojones.
—Tampoco es para que te pongas así, hombre —contestó ofendido—. Ni que te hubiese atacado directamente…
—Preocúpate de lo importante, compañero —dijo el inspector suavizando la tensión que había formado—. Hay que dar con la chica, eso es lo que importa.
A lo lejos, en la puerta del bar, unos jóvenes entraron y otros salieron. No parecía haber mucho movimiento en el interior. No había rastro de Ramón, ni de su acompañante. El apretón de tuercas de la mañana, le había servido de escarmiento. Con la cabeza apoyada en el asiento del coche, sacó un cigarrillo y lo encendió con las manos puestas sobre el volante. Era la una de la madrugada y esa noche no parecía que fuese a mejorar. Rojo miró por el rabillo a su compañero, que tenía la mirada cristalizada en un punto ciego de la fachada que había frente a ellos. Después se preguntó cómo había llegado hasta allí, cómo había puesto su carrera en peligro por una estupidez. Las mujeres y el oficial, tercera parte. Elsa no había dado señales de vida y, aún así, seguía en busca de esa chica con paradero desconocido. Reconoció que Elsa tenía parte de culpa, aunque no podía cargársela toda. Le gustaba, tenía excusa para verla de nuevo y él solito había mordido el cebo. Se sentía ansioso porque algo así se le presentara en sus narices. Lo había pedido a gritos desde sus adentros y sus deseos habían terminado por materializarse. Recordó esa frase que alguien le había dicho una vez. La vida te pone las cosas delante, cuando las pides, claro. Así que meterse en esa cloaca había sido únicamente cosa suya y de su compañero. En realidad, se excitaban pensando hasta dónde llegarían con todo el asunto. Para Rojo, una cosa estaba clara y era que la chica no aparecía por ninguna

parte. Tiempos difíciles, pensó. Luego reflexionó sobre las conversaciones que había tenido con María Teresa, la camarera, y Ramón, el hijo adinerado que jugaba a ser el chico malo de la ciudad. Lo que ese joven desconocía era que, tarde o temprano, la ambición lo llevaría demasiado lejos, hasta que molestara a alguna banda seria y peligrosa. No era la primera vez que se encontraba con un caso en el que un muchacho con futuro aparecía con una bala en la cabeza y abandonado en una zanja. Ser inteligente era importante pero, en ocasiones, el ego cegaba a cualquiera y nos convertía en alimento para cuervos. Niñatos, pensó. Eran capaces de todo.

Desconfiaba de sus testimonios, desconfiaba incluso de su sombra. Por eso, la única forma de llegar a buen puerto era siguiendo su instinto, la única fuerza que jamás le fallaba.

—Hay algo que no me cuadra en todo este plan, Rojo —dijo Gutiérrez—. Según tú, la persona, con la que vamos a hablar y que está ahí dentro, conoce el paradero de la chica.

—Eso me temo.

—¿Y si no es así? —Preguntó—. ¿Cómo puedes estar tan seguro?

—En ese caso… —dijo Rojo—. Alguien miente.

—¿No te parece todo esto demasiado extraño?

—¿Dos policías haciendo guardia en el interior de un coche?

—No, imbécil… —rechistó—. Da igual, no importa… Espero que tengas pensado en un plan be, por si se tuercen las cosas.

—¿Llevas el cinto puesto?

—Siempre —afirmó Gutiérrez—, pero no me gustaría sacarlo.

—Mejor —aprobó su compañero—. Tan sólo vamos a tomar una copa, escuchar música, charlar un rato y hablar con ese tipo. Eso es todo.

—Si has estado ya antes aquí —dijo—, te reconocerá.

—¿Tú sabes la de gente que va a los bares a molestar? —

Preguntó Rojo escéptico—. Tengo un rostro muy común.
—Piensa mal y acertarás —contestó el policía—. No me cabe la menor duda.
—Eres un pesimista.
—Y tú un insensato, hay que joderse… —reprochó cruzándose de brazos mientras se le movía el bigote—. ¿Por qué no me llamaste la primera vez que viniste?
—Corta el rollo, Gutiérrez —dijo sin alterarse—. ¿De verdad estamos teniendo esta conversación?
Antes de que el policía contestara enfadado, los últimos clientes salieron del bar. Sin embargo, eran sólo una pareja y no un grupo como el que había entrado una hora antes. Gutiérrez se puso en alerta, guiñó un ojo y apuntó con el cigarrillo hacia la entrada. Rojo miró el reloj: las dos de la madrugada. En punto. Demasiado pronto para cerrar. Ambos agentes se miraron con complicidad.
—Es el momento.
—Unidad, Rojo —dijo Gutiérrez—. Unidad.

Apagaron la radio y salieron del coche. En un primer momento, Rojo pensó en dejar a Gutiérrez entrar primero pero, rápidamente, reculó al ver lo sucedido por la mañana con aquel chico. Era imprevisible, violento e impaciente. Ninguno de los dos conocía lo que se encontraría allí dentro, aunque el oficial no se marcharía sin, al menos, una respuesta. En condición de inspectores, lo normal, por los garitos nocturnos, era no buscarse problemas, aunque no siempre resultaba así. Tampoco iban de servicio, así que debían controlar sus formas. Como dos vaqueros de medianoche, caminaron hasta la entrada y cruzaron la puerta. El local estaba casi vacío. Por los altavoces sonaba una canción de The Cure con una base de música electrónica. Eran los años del 'bakalao', las drogas sintéticas y el 'acid-house'. La presencia de los agentes alertó a la gente del local. Sus vestimentas llamaban demasiado la atención, sobre todo la de Gutiérrez, que parecía un lobo de mar perdido en la taberna equivocada. Los jóvenes bailaban moviendo los brazos y la cabeza. Gutiérrez disfrutaba viendo a las chicas insinuantes con poca ropa y camisetas de manga corta que marcaban sus protuberancias. Junto al escenario, había un espacio para el pinchadiscos, que esa noche había sido sustituido por una cinta de casete.

—Vamos a la barra —dijo Rojo acercándose a Gutiérrez y dándole una palmada en el pecho. La barra, la misma donde Rojo había terminado su cerveza, estaba ocupada por un grupo de hombres con los codos apoyados. De pronto, entre las cabezas, encontró la mirada de la camarera y, al instante, ambos se reconocieron.

—De puta madre… —murmuró al ver los ojos de María Teresa, la chica a la que había interrogado. No la culpó por estar allí. Los buenos agentes no echaban la mierda sobre otras personas, o eso decía siempre su padre. Su oficio era el de limpiar lo que otros no eran capaces de resolver. Por el contrario, sí que se castigó a sí mismo por no ser más precavido, aunque no demasiado. De poco servía centrarse en el pasado si no era para aprender. Seguramente la chica no habría tardado en descolgar el teléfono para llamar a su jefe, contarle que lo estaban buscando y tirarle el muerto al joven traficante. Conflictos de intereses que complicaban el rompecabezas. Pero aquella no era más que otra hipótesis de Rojo.

Conforme recortaba distancias, la chica sirvió la última copa y se alejó hasta el otro extremo de la barra. No hacía falta ser muy inteligente para darse cuenta de sus intenciones.

Confiado, alcanzó el horizonte y se encontró con Gutiérrez. Levantó el brazo con ánimo de ser atendido y sonrió sin éxito. La camarera desapareció por una puerta que daba al almacén.

Entonces, se encendieron las luces y la música se detuvo. Los clientes que bailaban fueron invitados a marcharse y los tipos de la barra permanecieron anclados como si aquella fuera su casa.

Rojo y Gutiérrez dieron un repaso con la mirada a los cuatro individuos. No les gustó lo que vieron. Porteros de discoteca. Como sacados de un gimnasio de barrio criminal, iban vestidos de forma similar, con cazadoras de cuero y vaqueras. Parecían estar allí por otra razón que no era la de bailar y disfrutar la noche y, por las miradas que desprendían, la presencia de los agentes no les resultaba del todo agradable.

—Esto no me gusta un pelo, Rojo… —dijo Gutiérrez por lo bajo—. Ya sabes lo poco que simpatizo con los bares de ambiente.

—Ponte protección —dijo sin mover los dientes—, por lo que pueda pasar.

12

La música que salía del radiocasete había dado paso a un silencio tenso e incómodo que llenó la sala. Nervioso, Rojo mantenía el semblante serio con una mueca que no dejaba expresar su estado de ánimo. Gutiérrez, al contrario, fingía estar de buen humor. Le gustaban esas situaciones, familiares con las películas de Bud Spencer que solía alquilar los fines de semana. Se ponía cachondo repartiendo mamporros.

—¿Nos va a atender alguien aquí? —Preguntó al vació y se acercó un metro hasta la barra. Su torpe movimiento rozó el cuerpo de uno de los grandullones—. ¿Hola? Luego os quejáis de la clientela, por Dios…

Del almacén salió el encargado del bar, Ramón, la razón de su presencia.

—Estamos cerrando —dijo con antipatía—. ¿Es que no lo has oído?

Gutiérrez se puso recto y serio como Rojo no había visto antes.

—Muchacho, sólo quiero una cerveza.

Su voz parecía la de otra persona: grave, pausada y tranquila.

—Pues os la tendréis que tomar en otro lado —dijo el chico—. La ciudad es muy grande.

—No sé… —insistió Gutiérrez—. Tienes un bar muy agradable, por eso había pensando en beberme una cerveza, nada más.

—Ya has oído al camarero —dijo uno de los que

aguardaban en la barra—. Date el piro.
Gutiérrez miró la botella del hombre y señaló con el dedo.
—Déjalo estar, Gutiérrez —replicó Rojo en busca del orden, antes de que la situación se les fuese de las manos. A veces, lo más inteligente era una buena retirada a tiempo—. Iremos a otro bar.
—Eso —dijo otro de los individuos—. Hazle caso a tu novia.
El desafortunado comentario no cayó bien sobre el policía. Entre el tenso silencio, se escuchaba el tic-tac de un reloj analógico. Rojo observó la posición de los hombres. Su lenguaje corporal no indicaba amenaza. Eso sólo podía significar dos cosas para el oficial: que no tuvieran intenciones de encontrar problemas o que estuviesen demasiado seguros como para alertarse. Por el contrario, Rojo sentía las articulaciones tensas y los nervios manifestándose por todo su cuerpo, un hierro incandescente. Era una reacción humana, propia de las situaciones de supervivencia. Gutiérrez esbozó una sonrisa, se cepilló el bigote con los dedos y sacó un cigarrillo que no tardó en encenderse.
—Pues mira tú por dónde… —dijo frente a un taburete alzando lentamente la voz y cambiándola hacia un tono más altivo—, que me apetece tomármela aquí.
—¿Qué pasa? —Preguntó el encargado irritado. Rojo desconocía si era su estado natural o un efecto de las pastillas—. ¿Hablo en chino? ¿Qué es lo que no entiendes? ¡Largo!
El oficial gordinflón no se inmutaba rodeado de esos tipos. Y lo que era peor: disfrutaba con ello. Metió la mano en el bolsillo, sacó cien pesetas en silencio y miró hacia el suelo con el cigarro humeante entre sus labios. Gutiérrez estaba a punto de hacer estallar aquel lugar en pedazos. Rojo conocía esa expresión, el semblante del macho, del boina verde que arrastraba su compañero, la maldita leyenda que servía como excusa a todas las trifulcas que montaba. Los hombres tensaron sus posiciones para adoptar una

posición de ataque. Lo estaba arruinando todo, pensó Rojo. Les iban a dar hasta en el pasaporte. Al día siguiente serían protagonistas de la sección de sucesos. Gutiérrez tenía la atención de su público, así que, para rematar la coreografía, puso la moneda entre sus dedos, levantó la mano y sonó un golpe fuerte y aplastado contra la barra.

—El que no me entiende eres tú a mí… —contestó con el mismo tono de voz sosegado y mostró la placa de policía—. Que me pongas la dichosa cerveza… ¡Coño!

De pronto, el tic-tac del reloj se paró.

Un fuerte golpe desvió la atención del inspector Gutiérrez. En cuestión de segundos, un cenicero, procedente de un extremo, voló por encima de su cabeza. El policía lo esquivó a tiempo con un movimiento rápido y el cenicero de cristal impactó contra el reloj de la pared. Cuando se quiso dar cuenta, Rojo tenía a uno de los grandullones frente a él. Sin mediar palabra, recibió una patada que lo desplazó varios metros hacia atrás. Pero iba a necesitar algo más que eso, si querían derrumbarlo. Se apoyó en la pared y le asestó un puñetazo en la boca del estómago para rematar al gigante con un gancho en la nariz. El chico se tiró las manos al rostro, aquejado, y Rojo lo tumbó con un codazo en la columna. Un segundo más tarde, una jarra de cerveza volaba por los aires cuando encontró a Gutiérrez repartiendo mamporros a dos de los chicos. Se había transformado en un luchador de lucha libre profesional, ágil y dinámico. Mientras el oficial Rojo recuperaba el aliento, el tercero de ellos se acercó a Gutiérrez con un taburete de madera y se lo rompió en la espalda. El policía perdió el equilibrio desinflado, presa de la emboscada. Después, entre los tres, lo agarraron por la espalda y comenzaron a patearle. Rojo miró al encargado cómo observaba atónito. Lo tenía delante, pero debía socorrer a su compañero. Agarró impulso y se lanzó contra el tipo que sujetaba a Gutiérrez. El suelo se convirtió en una melé de rugby. Los dos agentes se pusieron en guardia y, como púgiles, estrellaban sus puños contra todo lo que se movía, hasta que uno de los cuatro individuos sacó una navaja de su pantalón.

—¿Ahora qué? —Preguntó con la hoja del arma apuntando hacia ellos. En un intento de cortar a Rojo, desplazó el brazo trazando media luna que el policía esquivó. Sólo tres quedaban en pie, pero eran suficientes para arrinconar a los agentes. Por la puerta, Rojo veía

cómo el encargado y la chica salían del bar.
—Se escapan, Rojo…
—¡No me jodas, Gutiérrez!
—Sólo se me ocurre un final para esto —dijo el inspector moviendo el bigote y caminando hacia atrás. Con cada paso, se acercaban más a una esquina de la que no había escapatoria. Si no tomaban una decisión, pronto acabarían rebanados como una salchicha—. Baja eso, muchacho, o te vas a acordar toda tu vida.
El chico hizo un nuevo intento, pero Rojo lo agarró del brazo y le rompió varios dedos de la mano. Se escuchó un fuerte grito de dolor. La navaja cayó al suelo produciendo un golpe metálico.
—¡Basta ya de tonterías! —Gritó Gutiérrez—. ¡Ya se me han hinchado las pelotas!
Sacó la pistola y descargó dos balazos contra al aire que hicieron añicos varias botellas. Los otros dos se echaron las manos a la cabeza.
—¡Ah! —Exclamó el joven desarmado—. ¡Mi mano!
—¡Rojo, que no se te escapen! —Gritó Gutiérrez haciendo alusión al encargado—. ¡Yo me encargo de estos!
El inspector tomó el relevo y Rojo salió disparado hacia la puerta. María Teresa y el encargado estaban al final del callejón subidos en una Vespa antigua de color verde. Por mucho que corriera el policía, no podría alcanzarlos.
—¡Dale, dale! —Gritaba ella. El chico le dio puño, se escuchó el trompeteo del motor acelerando y escaparon acelerados por una calle peatonal oscura.
Rojo empuñó la pistola sujetándola con las dos manos y apuntó a la rueda trasera del ciclomotor. Sólo tenía una bala y la chica viajaba de paquete. Puso el dedo sobre el gatillo, respiró con profundidad y la moto se perdió en la lejanía. Pudo disparar, agujerear la rueda y terminar con todo, pero no lo hizo, no fue capaz. De fallar y herir a esa chica, jamás se lo habría perdonado.

13

Con el torso dolorido, corrió hasta llegar a su coche, se metió dentro y arrancó el motor. Si se daba prisa, con suerte, los alcanzaría. A esas horas de la noche, el tráfico en la ciudad era casi inexistente. El indicador de gasolina se disparó. Había entrado en la reserva, detalle que no le importó lo más mínimo. Estaba concentrado. No era momento de preocupaciones sino de dar con su sospechoso. Después del jaleo que Gutiérrez y él habían montado en el bar, los rumores no tardarían en llegar a la oficina. Maldito Gutiérrez, pensó, no podía estarse quieto. Esbozó una ligera sonrisa. El desenfreno de su compañero les había salvado el pellejo.

Metió primera y salió de la calle haciendo marcha atrás para incorporarse al carril de la calle Real. Bordear la plaza del Rey, tan amplia y bella ante la noche con la torre del reloj del Arsenal de Marina vigilando sus movimientos, marcando su ritmo, sus horas. Suerte, era lo que necesitaba, aunque no creyera en ella, para dar con el maldito ciclomotor.

—¿Qué diablos? —Dijo en voz alta cuando, a la altura de la plaza Castellini, vio a lo lejos la motocicleta a toda velocidad cruzando Puertas de Murcia. Rojo hizo un viraje brusco, quemó rueda y giró el coche noventa grados acelerando a toda velocidad por las calles estrechas de la ciudad en línea recta. Cuando alcanzó Puertas de Murcia y la estatua del Icue, un niño de piedra que tiraba agua por el pescado que sujetaba, la calle se bifurcaba en dos.

—Piensa, Rojo, piensa… —murmuró ante la mirada de los borrachos y aquellos que se retiraban y tomó el carril izquierdo pisando a fondo el pedal en dirección contraria al sentido de los coches, tal y como su instinto le había indicado. Se encendió un cigarro para calmar la ansiedad y continuó con la mente en blanco. Su cerebro funcionaba tan rápido que era imposible mantener un diálogo mental. Acciones, reacciones y consecuencias. No había más. Era su modo de operar. El silencio como banda sonora de sus decisiones. En efecto, una mota lejana con el piloto trasero apagado se hacía más y más grande. Eran ellos, estaba a punto de alcanzarlos. Pero, tan pronto como la chica se dio cuenta de que el oficial los seguía, la moto dobló su ruta por un callejón que obligó al inspector a continuar recto y hacer un derrape que casi termina en choque frontal contra un taxista. Entre el claxon del susto y los gritos del pánico, Rojo sacó su placa y retrocedió hasta alcanzar la callejuela. El indicador de gasolina no hacía más que pitar y ponerle nervioso. Tanto, que golpeó el salpicadero en un gesto de furia. Por segunda vez, se incorporó a la calle Real para tomar la plaza de España y vio cómo la pareja se saltaba los semáforos sin frenar. Cambió de marcha, redujo y volvió a acelerar en el momento que se incorporó a la alameda de San Antón, una de las avenidas más largas e importantes de la ciudad. Un kilómetro de asfalto en línea recta que le permitiría dar por cerrada la noche. Sintió un pálpito. No estuvo muy seguro qué significará eso. De pronto, su confianza aumentaba a medida que veía cómo la moto se acercaba y la aguja del cuentakilómetros se desplazaba hacia la derecha.

—Sois míos… —murmuró al poner la cuarta marcha. Como un esquiador profesional, el motorista esquivaba los pocos coches que se encontraba en su travesía. El policía pitaba con la bocina del coche para que se apartaran. Cada vez, estaban más cerca y los nervios se transformaban en un éxtasis imparable por ver a ese tipo en el suelo.

El coche temblaba, pero no descartó disparar de nuevo a la rueda. Si lo hacía, lo más probable es que la pérdida de control los lanzara al vacío y terminaran con el cuello hecho añicos. Entonces, todo su esfuerzo habría sido en vano. Así que esperó, siguió recortando distancias y observó cómo el chico miraba a su izquierda buscando una salida. Rojo supo leer sus pensamientos. Aprovecharía cualquier cruce para perderse de nuevo, pero no estaba dispuesto a que eso sucediera. Lo tenía claro. Iban a encontrarse con una intersección. El semáforo pasaba de ámbar a rojo. Coches que salían en sendas direcciones. Si los perdía ahí, se habría terminado la noche pero, si la suerte no se ponía de su parte, las posibilidades de acabar postrado en el hospital eran bastante altas. Tú no necesitas suerte, se repetía. Sopló, se puso el cinturón de seguridad y sujetó el volante con firmeza. A escasos metros del cruce, la moto no dudó en girar entre el tráfico de los coches. Rojo pisó el acelerador y la ceniza de su cigarrillo se desvaneció con la brisa que corría por la ventanilla.

El vehículo salió disparado, como un proyectil, en diagonal. Atravesó el cruce bordeando los coches que frenaban y tocaban el claxon con fervor. Después, la parte frontal del automóvil francés impactó contra el lateral de la motocicleta. La pareja de jóvenes salió despedida por el aire. El cuerpo de la chica rebotó en un seto de la alameda mientras que él no tuvo tanta suerte y se estrelló contra el cristal del vehículo. Rojo frenó en seco. Se escucharon gritos de pavor en la calle. Por un instante, se asustó de haber terminado con la vida del muchacho. Le caería una temporada en el talego. Sin embargo, pronto se dio cuenta de que ambos podían moverse. El pulso se le relajó. A lo lejos, el inspector contempló cómo la chica se recuperaba, torpemente, y caminaba alejándose de ellos. Rojo no quería que se escapara, pero debía elegir. La chica no era tan importante como el sujeto que tenía a sus pies. Bajó del vehículo, se identificó ante los curiosos y comprobó el estado del herido, que se quejaba aturdido en el suelo. Después miró la luna del coche. El golpe le había producido una brecha vertical. Pensó que habría sido peor. El inspector se puso en cuclillas y le dio una ligera bofetada al muchacho.

—¿Has visto lo que has conseguido? —Preguntó. Un intruso se acercó a la escena. Antes de que abriese la boca, Rojo se dirigió a él—. Llame a una ambulancia. Soy policía. Con los ojos entreabiertos, el chico todavía guardaba el semblante desafiante de alguien que estaba por encima de la Ley.

—Se te va a caer el pelo… —murmuró con la mano sobre la frente—. La… has… cagado…

—Eso ya lo veremos.

Sirenas de coches patrulla se aproximaban a lo lejos como dos puntos de luz en el inicio de la carretera. Los vecinos del barrio salían a los balcones para ver qué había sucedido. Pronto llegarían las preguntas y los madresmías. El viento soplaba resultando molesto. Debía evitar, a toda costa, que se llevaran al chico sin testificar. Él era el último de la lista que le podía entregar una pista sobre la joven desaparecida. Y estaba dispuesto a conseguirla, aunque le costase el puesto.

14

En las dependencias de la comisaría, Rojo cruzaba el pasillo que lo llevaba directo a su despacho. Una luz de tubo amarillenta iluminaba la entrada principal y resplandecía sobre el corredor que llevaba hasta la oficina. Desde allí se podía escuchar el aullido de los detenidos que pernoctaban en el calabozo. La mayoría de ellos proclamaban su inocencia con todas sus fuerzas. Otros lloraban y unos pocos se volvían violentos al sufrir el síndrome de abstinencia. Agotado por la intensa jornada, Rojo insertó una moneda en la máquina de café. El chorro líquido era lo más parecido a un revuelto estomacal. Escuchó unos pasos que se aproximaban a él.

—Ya me he enterado de lo sucedido —dijo Gutiérrez—. ¿Dónde está el chico? ¿No lo has traído contigo?

—No me han dejado los médicos —respondió inquieto. El café no salía. El filtro parecía haberse atascado. Rojo le dio un puñetazo a la máquina—. ¡Sal ya, cojones!

—Cálmate, hombre… —dijo el compañero—. Pronto lo traerán y le haremos cantar.

—La hemos liado, Gutiérrez.

—Míralo por el lado positivo —dijo quitándole importancia a sus palabras—. Pomares no está. Tenemos unas horas hasta que aparezca por aquí y nos cante las cuarenta… Hagamos que nos cuente todo lo que sabe y nos escudaremos en los trapicheos… ya está, solucionado.

—Tú y tus soluciones.

—No te apures, somos policías, no máquinas perfectas…

—comentó mientras caminaba hacia su mesa—. Estamos aquí para proteger a la gente.
—Estamos aquí porque tememos ir a nuestras casas, asúmelo.
El café salió formando una espuma en la parte superior del vaso de cartón. Rojo caminó hasta la oficina y cerró la puerta. Gutiérrez se había recostado sobre su sillón.
—Me siento demasiado cansado para tus filosofías, Rojo.
—No tenías por qué sacar la pistola —recriminó—. Esto no es una novela del oeste americano.
—Venga ya, hombre… —dijo con el rostro echado hacia atrás—. No me vengas de abogado culpable, que no tenía otra.
Rojo recapacitó. Tenía razón su compañero. Estaba demasiado tenso como para pensar con claridad. Si tan sólo hubiera podido llevarse al chico a la comisaría, todo habría sido más fácil. Pero esos médicos tenían que meterse en todo. Le dolía la garganta de tanto fumar, pero el propio hábito le llevó a sacar un Fortuna y ponérselo entre los labios. Entonces escuchó un fuerte grito al otro lado del cristal opaco de la puerta. Gutiérrez abrió los ojos y la puerta se abrió.
—Estáis en la mierda.

Pomares aguantaba de pie en la puerta junto a dos oficiales vestidos de uniforme. Tenía la mirada encendida, como la de un jefe saboteado por sus empleados. Lo más particular del asunto era que el superior de los tres resultaba ser otra persona. Toda la maldad que guardaba en su interior salió a relucir en el momento que pisó la sala. Estaba enfadado, muy cabreado con lo ocurrido, una señal que llamó la atención de Rojo. Después de todo, estaba aportando implicados a su investigación y, aunque sabía que Pomares nunca se lo agradecería públicamente, no tenía motivos para reaccionar de ese modo. Ordenó a los dos jóvenes agentes que se retiraran, que obedecieron como dos súbditos ante el César, y cerró de un portazo.
—Esta noche habéis dejado en evidencia al Cuerpo Nacional de Policía —dijo apuntando con el índice hacia Gutiérrez—. Acabo de recibir una llamada del Comisario en mi propio domicilio. A estas horas… Esto es inaudito.
—¿Por qué nunca nos llaman a nosotros? —Preguntó Gutiérrez—. Ni que fueras el recadero.
—¡Cállate la boca, estúpido! —Gritó y Gutiérrez se puso en posición de defensa. Rojo temía lo que pudiera ocurrir después. A Gutiérrez no le importaba lo más mínimo que Pomares tuviera sus contactos. Cuando se enfadaba, perdía el control. Por esa misma razón, le habían obligado a que se marchara del ejército—. Habéis hecho abuso de poder en un bar sin identificaros y abriendo fuego, circulando a toda velocidad en dirección contraria sin usar las sirenas y, lo que es peor, habéis arrollado al amigo de una personalidad importante en esta ciudad… Pero no… Yo no voy a pagar el pato… Ni de coña, vamos… Esto os lo vais a comer vosotros.
—¿Amigo de quién? —Preguntó Rojo—. Ese chaval regenta un bar donde lleva líos de drogas. Hay una chica en paradero desconocido y él es el principal sospechoso de

su desaparición.
—¿Acaso te crees que no lo sé, listillo? —Preguntó desafiante Pomares—. Tengo el ojo puesto sobre la Watios desde hace un año pero, hasta que no se demuestre alguna irregularidad o se atestigüe de la venta ilegal, no podemos hacer nada… Pero no, tenían que venir los dos nuevos, el valenciano y el militar acabado, a resolver esto en una semana… con dos cojones, claro que sí… Todo porque nadie les hace ni puto caso…
—Eso no es cierto —replicó Rojo—. No te pongas a llorar ahora.
Pomares se rio.
—Tranquilos —sentenció furioso y altivo—. Que os van a dar por todas partes. Me voy a encargar personalmente de que os echen de aquí y, si no os retiran la placa y la pistola, que, al menos, os manden bien lejos.
—A Canarias —dijo Gutiérrez—. No estaría mal un poco de sol todo el año.
—Al País Vasco —contestó Pomares—. Allí se te quitarán las ganas de ser tan macho.
—Tus amenazas no nos asustan —dijo Rojo—. Soluciona tus traumas personales y déjanos en paz. Somos compañeros.
—Tú eres el listo de la pareja, ¿verdad? —Preguntó Pomares dirigiéndose al oficial—. Estáis muy equivocados… No tengo nada en contra de vosotros… Tú lo has dicho, somos compañeros, nada más. Parece que, en dos años, no habéis entendido nada.
—Sí —dijo Rojo—, que te levantas con almorranas.
—Ahí has estado fino —añadió Gutiérrez.
—Sigue así… —contestó ignorando al inspector—. Trabajo aquí desde hace diez años… Ni sois los primeros, ni seréis los últimos que pasan por esta comisaría.
—Si llevas diez años… —preguntó Rojo. Sus preguntas prendían las brasas de un fuego que terminaría por quemarles la piel—. ¿Cómo es que no te han ascendido?
—No me salen las cuentas, Pomares —intervino

Gutiérrez—. Tu mujer tiene que estar avergonzada.
Ambos creían acorralar al perro de presa que tenían delante, pero estaban muy equivocados.
—Vuestras horas están contadas —contestó con una sonrisa maquiavélica—. En diez años, esta se ha convertido en mi casa y no voy a permitir que nadie cambie las cosas… Ya lo habéis escuchado… Mi oficina, mis normas.
—Estoy temblando —dijo Gutiérrez con burla mostrando la mano. Pomares se dirigió a Rojo.
—Todavía estás a tiempo de suavizar el caldo —dijo y se acercó a él—. Vas a hablar con ese chico y te vas a disculpar.
—¿Estás loco? —Preguntó ofendido—. Te has olvidado de la dignidad como policía.
—En absoluto —contestó—. Has atentado contra la integridad de un ciudadano. Hazlo y te ahorrarás un dineral en abogados y juicios.
—No voy a hacerlo.
—Tú mismo —dijo y retrocedió hacia la salida, abrió la puerta y se giró por última vez—. Recuerda, valenciano… Mi casa, mi oficina, mis normas.

Una hora y media más tarde, el muchacho al que Rojo había atropellado aparecía con el brazo vendado y un parte médico en la mano. Ramón, el encargado del bar, el último sospechoso de toda esa historia, la pieza que faltaba para tener el rompecabezas completo y empezar a ordenarlo. Chulo y altivo esperaba sentado en la sala de interrogatorios.

—Espero que no te achantes… —dijo Gutiérrez en la puerta—. Unidad, Rojo.

El inspector entró en la sala y se sentó junto al chico. El joven lo miró con desagrado. Tenía frente a sus ojos al desgraciado que se lo había llevado por delante.

—Casi me matas, esto te va a salir caro —chapurreaba nervioso—. No te pienso decir nada, quiero hablar con mi abogado.

Rojo le ofreció un cigarrillo y el chaval lo cogió. Se preguntó quién sería su amistad y, si tan importante era, qué hacía dirigiendo un bar y traficando con droga. Puede que fuese así cómo los mercaderes se limpiaban las manos, teniendo franquicias más jóvenes, más ambiciosas y con el sermón aprendido. Nada nuevo en el negocio. Una bárbara estupidez, pensó el policía.

—Siento lo del accidente —dijo el oficial encendiéndole el filtro y acercándole un vaso de agua. Después hizo lo mismo para él—. No pensé que tus amigos se fueran a poner tan nerviosos. ¿Qué son? ¿Bosnios?

—Turistas, clientes del bar —contestó a regañadientes—. ¿Qué te importa eso? Pregúntaselo al juez.

—A todo esto… —dijo el policía—. ¿Quién es tu amigo? Ese del que todos hablan…

—Tú debes ser nuevo, ¿verdad? —Preguntó confundido—. Para empezar, te equivocas por partida doble… Quien debería estar aquí sentado es el niñato ese de Manuel. Yo soy un *currante*, como todos. ¿Dónde está

mi abogado?
No sospechó esa respuesta. Pensó que Pomares se había pegado un farol por algún motivo todavía desconocido.
Rojo dio una palmada contra la mesa. El chico se asustó. No la esperaba.
—Déjate de historias de una maldita vez —dijo serio—. Quiero que me digas dónde está Lucía, la chica que trabajaba en el bar… Sé que estuvisteis juntos.
—Que no sé nada, ya te lo he dicho —insistió. El policía se acercó, agarró el cigarrillo y le quemó la piel del brazo que tenía vendado. Se escuchó un fuerte grito y el individuo retiró el brazo hacia atrás—. ¡Ah! ¡Hijo de puta! ¡Se lo voy a contar a mi abogado!
—Pues parece que se ha olvidado de ti —contestó Rojo—. A lo mejor, cuando venga, es demasiado tarde.
La mirada acusadora del detenido contra la feroz seguridad del inspector. Como un león frente a una gacela acorralada, cada segundo que pasaba, Rojo lo iba sometiendo a la idea de un final trágico.
—Dime dónde demonios está la chica.
—¡Que no lo sé, por Dios!
Rojo le asestó una bofetada y el sonido golpeó las paredes. La cara del chico estaba roja.
—¿Qué quieres que te diga? —Preguntó en voz alta—. ¡Déjame en paz!
El policía insistió con otro mandoble.
—¡Ah! ¡Joder! —Bramaba. Tenía el rostro enrojecido y las lágrimas se derramaban con fuerza—. ¡Ella me dejó!
—Repite eso.
—¡Que me dejó!
—¿Por quién? —Preguntó el oficial—. ¿Por el chico ese?
—No te lo puedo decir… —respondió tembloroso—. Me matarán.
Rojo entendió que no hablaba de Manuel. De ser así, no hubiera dudado en hacerlo.
—Dame un nombre.
—No puedo…

Sonó otro golpe en la sala.
—¡Por favor, para! ¡Escuece mucho!
—¡Que me lo digas! —Insistió el policía—. ¡Dame un nombre!
El chico sollozaba, pero eso no detuvo al oficial para asestarle otra palmada en la cara.
—¡Déjame! Te lo suplico… por favor… —rogaba entre lágrimas. Parecía un adolescente arrepentido. La situación le quedaba grande, aunque Rojo no se fiaba de su numerito. Menuda panda de actores baratos, pensó—. Te estoy diciendo todo lo que sé… de verdad… Si te digo el nombre, vendrán a por mí… Ella se fue porque quiso… Yo no hice nada… Te lo juro…
—Se me esta agotando la paciencia.
—¡De verdad! —Gritó dejándose la voz. Rojo sabía que era un truco para que alguien lo escuchara desde fuera. Pero se había encargado de que Gutiérrez no dejara pasar a nadie, ni siquiera al abogado, en caso de existir—. ¡Lucía era una fresca! ¿Es lo que quieres oír? ¿Es eso? Me dejó, nos la metió doblada y se largó…
—Por eso seguís siendo amiguitos tú y Manuel.
—Nosotros no la hemos tocado, te lo juro… —explicó hastiado—. Se fue, como todas, se fue…
—Volvemos a lo mismo —dijo Rojo—. *Da-me-un-jo-di-do-nom-bre.*
—Me matarán…
Por enésima vez, el policía descargó su ira contra el rostro del chico. Le picaba la palma de la mano.
—Me estás hartando —volvió a insistir—. ¿No lo entiendes? Esa chica tiene una familia. Su hermana piensa que está muerta.
De pronto, el joven, que respiraba entrecortado por la mucosa y las lágrimas, se frotó los ojos y levantó el rostro.
—No… —respondió convencido—. Lucía no tenía hermanas.
Las palabras rebotaron contra el inspector.
—¿Qué?

—Que… no… —repitió—. Que era hija única, pregúntale a Manuel.

—Jodido mentiroso —dijo el policía y levantó la mano.

Se escuchó un forcejeo al otro lado de la puerta. Gutiérrez apareció junto a un hombre vestido con chaqueta de pana azul y una camisa de cuadros. Tenía el cabello largo y barba frondosa.

—¿Qué está pasando aquí? —Preguntó el hombre con tono acusador—. ¿Qué le ha hecho a mi cliente? No digas nada, Ramón, quédate callado.

Rojo miró a Gutiérrez que levantaba las manos como si no hubiera tenido otra opción. Después tiró el cigarrillo consumido al suelo y lo aplastó contra la baldosa. Le picaban los ojos, estaba confundido y la confesión de ese chico le había roto los esquemas. Jamás debió confiar en esa mujer. Todo tenía pinta de ser una trampa y Rojo había metido la pierna hasta lo más profundo de la ciénaga. No existía excusa que lo sacara de aquel montón de heces. De nuevo, pensó en Pomares. Sus palabras le quemaban por dentro. Esa vez, tenía que darle la razón.

Sus horas como inspector estaban contadas.

15

Las malas noticias no tardaron en aterrizar. Un informe entregado a los despachos de los altos cargos regionales. Una versión exagerada de lo sucedido llegó a oídos de los superiores en cuestión de horas. Los teléfonos sonaban sin cese. Los reporteros husmeaban en los bares donde se reunían los oficiales para sacar tajada y un titular que les llenara el bolsillo. El momento perfecto para provocar una crisis de oficiales y limpiarse a unos pocos. Por suerte, el respeto entre algunos compañeros todavía existía, aunque Rojo dudaba cuánto les duraría. La única defensa que el oficial tenía era un parte médico con dos dedos fracturados y el testimonio de Gutiérrez contra el del abogado del joven Ramón. Al parecer, de algún modo que ninguno de los responsables conocía, el muchacho consiguió la defensa de un abogado comprometido con los trabajadores que se ganaba el jornal con juicios de ese tipo. Algo olía a podrido y Rojo estaba en lo cierto. Por supuesto, el chaval quedó libre y sin cargos evaporándose de allí sin que le hicieran ninguna pregunta. En los tiempos que corrían, sacar partido era lo más importante para echarse algo de lo que comer en el plato. El letrado había visto un buen nicho de mercado en las denuncias de explotación laboral o los abusos por parte de la Ley. Después del espectáculo que había dado en aquella sala y cómo le había dejado el rostro tras la tunda de bofetadas, el oficial Rojo podía rezar todo lo que supiera para rogar que sucediera un milagro.

Tanto a Gutiérrez como a él se les abrió un expediente con faltas graves por desobediencia, exhibición de armas sin causa justificada y desconsideración con los compañeros. A éstas, les sumaron faltas muy graves por actuar y conducir en estado de embriaguez y práctica de tratos inhumanos a ciudadanos bajo custodia. Las acusaciones de embriaguez, no habían sido necesarias y, respecto al trato inhumano, Gutiérrez deseó a Pomares que se encontrara pronto en una situación así. Pese a las riñas, los dos inspectores acumulaban razones suficientes para que, a la espera de una resolución final, el inspector jefe Peralta los invitara a que se fueran a casa, al menos, hasta que se calmara el temporal y el ambiente recuperara la normalidad.

Las horas siguientes a lo sucedido, Rojo apenas llegó a conciliar el sueño. Los nervios se lo impedían produciéndole un fuerte ardor en el estómago. El alcohol y los cigarrillos tampoco ayudaban a que la situación mejorase. Lo último que le preocupaba era que le echaran del Cuerpo Nacional. Lo primero: la llamada en la que se lo explicaría a su padre. Una deshonra familiar que debía digerir. Llegado a esa situación, no le quedaría otra que hacer el petate y buscarse un nuevo destino o, si no, un empleo. No obstante, la culpable que le robaba las horas de sueño era Elsa. Era incapaz de creer que esa mujer le había mentido, después de todo lo que había hecho buscando a esa chica. Pero era una mentira a medias. El oficial estaba convencido de que Ramón se había inventado parte del testimonio hasta que comenzó a abofetearle como a un cobarde. Existían pruebas. Esa chica era real y había dejado un rastro, pero las pisadas eran confusas. Se miró la mano. La hinchazón había bajado. El rostro era una de las zonas más sensibles del cuerpo a la hora de torturar a alguien de forma eficaz en los interrogatorios. Otros métodos podían arruinar la carrera del agente. Sin embargo, todavía había quien consideraba los bofetones como parte de las preguntas,

por lo que testificar ante el juez con eso no le serviría de mucho. Rojo había cumplido haciendo su trabajo.
Se dio una ducha y bajó al bar Dower's a despejar la mente. Al cruzar la entrada, se encontró a Félix en lugar de a la camarera que le sustituía los sábados.
—Hombre, Rojo… —dijo recogiendo los restos de un desayuno que alguien había abandonado en una de las mesas—. Hacía tiempo que no te veía el pelo por aquí… Por cierto, tienes mala cara…
—Días difíciles, Félix —respondió y se acercó a la barra. Dio un vistazo y no encontró a nadie conocido. El bar no estaba muy lleno. El sábado era el día de las compras familiares. Pensó en Félix y en sus dos muchachas. Puede que le hubiera dado el día libre a su empleada. Luego pensó en Gutiérrez y en lo que había dicho sobre su hija. Después lo imaginó como a él, sentado en una barra de bar haciéndose amigo de la señora soledad—. Pone un asiático, anda.
—¿Dónde te has metido? —Preguntó pasando un trapo por la barra—, si no es mucho preguntar.
—En un río de mierda, Félix.
—Espero que no te hayas bañado en el Segura… —bromeó—. Pues te has perdido una historia buena esta semana…
El camarero tenía ganas de hablar y Rojo no estaba por la labor de conversar demasiado, así que decidió dejar que siguiera.
—Cuéntame —dijo desganado—. Soy todo oídos.
—Otra vez, los sindicalistas por aquí, que parece esto la sede de Comisiones Obreras… —comentó con burla—. Uno de ellos, seguro que lo has visto por aquí… uno que es abogado de oficio, ahora defensor de los trabajadores y va por ahí, el muy imbécil, alardeando de dejar a uno de los tuyos en ridículo, por un tema de abusos y no sé qué más, ya me entiendes…
—Algo de eso he oído.
—Pues los tuve que echar del bar —remató el camarero—

. Se pusieron tontos, empezaron a gritar y a espantarme a los clientes… Que tú sabes Rojo, que en mi bar tiene cabida todo el mundo, me da igual lo que piensen, mientras consuman… pero a estos se les fue de las manos.
—Suele pasar.
—Pues que no pase más, hay que ver… —dijo finalizando la historia—. Y bueno, ¿me vas a contar qué te ha pasado a ti?
Rojo vio cómo el camarero le había preparado el combinado de café y alcohol que había pedido minutos atrás. Miró a los ojos del confidente y agradeció el servicio. Después dio un sorbo y sintió el licor acariciar su paladar.
—Félix, tengo un pequeño problema…
—Tú dirás —contestó y se puso la bayeta al hombro—. No te prometo nada.
—Es esa mujer, la rubia… —explicó Rojo. Los ojos del camarero se abrieron—. Creo que me ha engañado.
Félix se rascó el mentón dándose la razón a sí mismo.
—Ajá, es eso… Menudo bribón —contestó con una sonrisa—. Por eso no venías, ¿eh?
—No, no ha sido eso… —dijo el policía—. Bueno, no del todo. Esa mujer vino a pedirme ayuda por un caso y lo acepté. Ahora me he dado cuenta de que ha sido todo una farsa, que me ha utilizado para algo en concreto… No sé muy bien el qué…
La expresión del camarero volvió a cambiar.
—¿Un engaño?
—Así es —prosiguió. Al fin alguien escuchaba sus palabras sin juzgarle. Se sintió aliviado mientras sacaba sus preocupaciones al exterior—. Me ha dicho ser quien no era y eso termina por complicarlo todo.
—¿Has hablado con ella? —Preguntó el hombre—. Seguro que existe una explicación.
Rojo recordó el momento en el que la vio salir con ese hombre de su portal.
—¿Y si no la hay?
—Mira, Rojo… —dijo, puso las manos sobre la vitrina de

cristal y sopesó su discurso—. Si algo he aprendido en los veinticinco años que llevo casado es que, a diferencia de nosotros, ellas siempre tienen una explicación para casi todo… Otra cosa es que no la entiendas o no quieras escucharla pero, créeme… siempre la hay… Sólo hay que insistir un poquito.

—¿Eso es todo lo que has aprendido en un cuarto de siglo?

—Eso y a criar a dos hijas —respondió mirando por lo bajo—, que no es moco de pavo, a ver qué te crees tú…

—Por un momento pensé que me hablabas de tu mujer.

—Bueno… —dijo con cierto murmullo en su voz—. Cuando pides explicaciones, caes en el riesgo de que te las pidan a ti… A veces, es mejor no preguntar directamente… Ya me entiendes.

—Con todos mis respetos, Félix —dijo tomándose el resto del café de un golpe—. Menudo consejo inútil para un sábado.

Ambos se rieron y Rojo señaló a la botella de coñac.

—También la vi con un hombre —remató el policía.

—Eso son palabras mayores, amigo…

Sirvió y bebieron.

Era sábado y todavía le quedaba el domingo. Había sido una semana difícil y no encontraba mejor manera para olvidar que agarrarse con fuerza al contorno del alargado recipiente de vidrio.

Puede que la charla matinal de aquel día no le hubiese servido de mucho por muy agradable que fuera. Puede que la soberbia del agente que se cree más inteligente que el resto, lo llevara al error. Se quedó con aquello de no preguntar directamente porque estaba seguro de que habría una explicación detrás. Sin embargo, a partir de ese momento, cada respuesta tendría su sacrificio. Lo de aquel desconocido, era agua pasada. Podía haber sido cualquiera. En su lugar, Rojo se había quedado sin balas y sin apoyo. Volvían los tiempos difíciles en una ciudad que lo atrapaba sin el mínimo respeto. Reflexionó durante varios minutos y puso la mirada sobre la televisión encendida, aunque no prestara la más mínima atención. Las imágenes de un telediario nocturno y el rostro de ese hombre de chaqueta de pana que representaba a los trabajadores. Él no era el único que estaba desesperado por algo. El ser humano, capaz de aferrarse al primer boceras que le cuente lo que desee escuchar, se dijo hacia sus adentros. Políticas, mentiras e intereses ocultos. La mirada de ese hombre no era muy distinta a la de un criminal. El policía podía oler sus intenciones a leguas, por encima del tufo a fritanga que expulsaba la freidora del bar. Al final, tras mucho pensarlo, llegó a la conclusión de que tendría que arriesgarlo todo y regresar a la comisaría el lunes. Si lo cazaban hurgando donde no debía, le costaría la expulsión.

Su padre ya le advirtió el día que había sido aceptado en el CNP. A medida que pasaban los años y el ser humano se hacía más viejo, la vida de un oficial comprometido era lo más parecido a caminar descalzo sobre un campo de espigas.

La sesera le daba vueltas como un tiovivo. Empujó la puerta del ascensor con un último esfuerzo y buscó las llaves de la puerta en su bolsillo. Todavía consciente, apoyó el cráneo contra la mirilla para no perder el equilibrio. Lo había hecho tantas veces que no le costó atinar en la cerradura.

—Menos mal... —dijo al llegar a su casa soltando el aliento. Se había dejado la ventana de la cocina abierta. El frío de la brisa había congelado el pasillo. Pensó que beber para olvidar no era más que una mentira elaborada por un borracho. Cuanto más bebía, más se acordaba de ella. Se sentía así por no haber sido lo suficientemente hombre como para plantarle cara a la situación.

—Mírate, Rojo... con lo que tú has sido... ¿Qué te pensabas? —Se preguntó en voz alta ebrio y con la saliva espesa. Las palabras tropezaban unas con otras—. ¿Que te iba a esperar? Iluso...

Caminó hasta el salón, como siempre hacía, y se dejó caer en el sofá. Esa noche decidió, antes de hora, que dormiría allí, vestido y sin ánimos de levantarse. Mañana será otro día, pensó mientras el carrusel de su cabeza giraba sin intenciones de parar. Tenía que calcular los movimientos si no quería llenarlo todo perdido de vómito. Uno, dos, tres. La llave en el contacto del coche, Elsa saliendo del portal y ese hombre desconocido de gafas de pasta. Uno, dos, tres... contaba esforzándose en dirigir su mente hacia otros pensamientos, pero la escena regresaba como una estúpida mosca. Con la mirada borrosa, se puso en pie y caminó seseando hacia el teléfono fijo. Descolgó y marcó el número de la mujer. Para bien o para mal, la pesadilla había llegado a su fin.

Uno, dos, tres... contaba los tonos de llamada, pero nadie respondía. Ni siquiera paró a pensar en la hora.

Colgó y volvió a marcar.

Uno, dos, tres… contó, esperó, respiró y saltó el contestador automático.
De pronto, sus ojos se iluminaron.
—Elsa, ¿me has engañado? —Pensó tan alto que el aparato registró el mensaje sin que él se diera cuenta. Colgó veloz y miró al teléfono de color blanco y botones negros.

16

Lunes, tercer día de febrero, un mes más corto que el resto y que el oficial deseaba que terminara lo antes posible. Casi recuperado de la resaca del domingo, se duchó y preparó tal y como había planeado. Recordaba lo que había hecho. La vergüenza le pesaba en su pecho como un cartucho de plomo. Elsa no le había devuelto la llamada y eso dejaba todo lo sucedido en una duda existencial. Por unos segundos, llegó a pensar que el mensaje se habría extraviado. Se echó un chorro de agua helada sobre el rostro. También recordó la que estaba cayéndole encima, a él y a su compañero Gutiérrez, del cual tampoco había tenido noticias desde el arresto de ese muchacho. Calentó café, comprobó el contestador automático y se rascó la barba percatándose de que necesitaba una afeitada. A algunas mujeres les gustaban los hombres con barba de varios días. Empero, con esa facha, la imagen de un oficial no hacía más que empeorar dando el aspecto de un soltero desafortunado y con problemas.
Encendió la radio y escuchó las noticias mientras preparaba pan tostado con jamón serrano. La locutora anunciaba la protesta de trabajadores de Bazán, afectados por los expedientes de regulación de empleo de la Empresa Nacional Bazán y los cierres las compañías de metalurgia y fertilizantes. Se habían quitado de encima a más de trescientas personas y el odio hacia la clase política no hacía más que crecer. La manifestación de los trabajadores se haría frente a la Asamblea Regional de

Murcia, con el fin de dialogar, entre sindicatos y políticos, con Carlos Collado, presidente de la Comunidad. Debido a eso, el paseo Alfonso XIII quedaría cerrado al tráfico. A Rojo le molestó escuchar esa parte de la noticia. Odiaba que lo sacaran de su rutina, por muy aburrida que fuera ésta. Mientras terminaba su desayuno y daba los últimos tragos a un café más cargado de lo habitual, el teléfono sonó al otro lado de la cocina.

—Diablos… —murmuró pensando en ella. No había pensado en una hipotética situación así. Pensó qué hacer, si disculparse o contarle la verdad, que estaba demasiado bebido y que no recordaba nada. El teléfono sonaba sin cese, así que aplastó la colilla y caminó hasta el salón.

—¿Rojo? —Preguntó una voz al descolgar el aparato y sin que le diera tiempo a preguntar. No era ella, mucho peor—. Soy Peralta, el inspector jefe.

—Sí, señor… Dígame… —dijo Rojo confundido por la llamada. Si Peralta llamaba a su casa, no era para entregarle buenas noticias—. ¿De qué trata su llamada?

—Necesito que se presente lo antes posible en la Asamblea Regional —ordenó—. Supongo que estará al tanto de la manifestación de los trabajadores de Bazán, ¿verdad?

—Sí, claro.

—Bien —contestó—, pues vamos a necesitar a todos los efectivos disponibles allí, por lo que pueda pasar… Las órdenes son órdenes y los sindicatos han estado calentando conciencias.

—Entiendo —dijo Rojo recuperando el tono de su voz—. Lo que usted mande, señor. Por cierto…

—¿Sí?

—¿Qué hay de la suspensión? —Preguntó intrigado. No conocía demasiado a Peralta, no sabía cómo podría reaccionar—. Sobre lo ocurrido, ya sabe…

—Olvídese de eso ahora, Rojo —dijo terminando la conversación de golpe—. Suspendido o no, usted es un inspector y debe cumplir con su deber… Pues que así sea.

Ahora, no pierda más el tiempo.
—Entendido.
Colgó y sujetó el teléfono. Después marcó el número de Gutiérrez, pero nadie atendía la llamada.
Tuvo una horrorosa corazonada. No le gustaron del todo las palabras de su superior. Aunque Peralta le hubiera dado un soplo de oxígeno a su carrera, las noticias transmitidas no eran buenas. Nada buenas. Ni para él, ni para los trabajadores que marchaban a manifestarse.

Se puso el cinto, se cercioró de que su Star 28 PK estuviese cargada, agarró las gafas de sol, los cigarrillos y se puso la chaqueta de cuero. Al salir a la calle, como cada mañana, dio un vistazo a su coche desde la distancia. Sin embargo, ese día no paró a mirar por los alrededores. No tenía tiempo para ello. Caminó hasta el Dower's y saludó a Félix desde la ventana. Después se dirigió a la esquina de la calle, cruzó, tomó el paseo y encontró el tráfico cerrado por los agentes locales y a un montón de compañeros nacionales en los alrededores del parlamento regional. El cielo azul no daba motivos suficientes por los que alegrarse esa mañana. A lo lejos, un grupo de manifestantes se acercaba con cánticos reivindicativos mientras los viandantes observaban con desconcierto. Rojo aceleró el paso y alcanzó el cerco policial donde se encontraban los que vestían de paisano. Allí, junto a las escaleras que daban entrada al edificio, se encontraba Pomares, rígido y tieso como una estaca. Rojo se identificó y pasó el cordón que habían puesto para frenar a los manifestantes.
—¿Qué haces tú aquí? —Preguntó Pomares tan pronto como sus miradas se encontraron. Después terminó la conversación con otro agente de uniforme y se acercó a Rojo—. No se te ha perdido nada.
—Déjate de mierdas, Pomares —respondió el oficial. No estaba dispuesto a entrar en su juego—. Peralta me ha llamado. ¿Qué está sucediendo?
—¿No lo ves? —Preguntó con sorna refiriéndose a la masa de personas enfurecidas que recortaba distancia con ellos—. Nos van a faltar pelotas de goma…
Rojo se dio cuenta de que estaba de buen humor, algo inusual en él. Observó su semblante, el pecho hacia fuera y la mirada puesta en el grupo de personas que caminaba reclamando un trabajo. Comprendió rápidamente de que a Pomares le gustaba joder a otros. No existía otro verbo

para definir aquello.
—¿Dónde está Gutiérrez?
—¿Echas de menos a tu novia? —Dijo el policía—. Lo han mandado al ayuntamiento… por lo que pueda pasar.
—No sé por qué, pero tengo la sensación de que esto no va a terminar bien…
—Yo sí que lo sé, pero eso díselo a la delegada del Gobierno… —contestó reticente—. A mí tampoco me hace ninguna gracia, pero aquí estamos. Si por mi fuera, echaba a los diputados a los tiburones… pero tendrá que ser otro día… Hoy nos toca cubrirles las espaldas, ¿entendido, valenciano?
Asustados de que pudieran secuestrar a algún dirigente del partido, como había ocurrido un año antes en La Unión, durante las protestas de mineros, el Gobierno había desplegado un dispositivo férreo con tal de blindar el acceso y preservar la integridad de sus políticos. Una batalla campal predecible puesto que los sindicatos no iban a echar marcha atrás. Tenían una oportunidad firme para participar en su particular mayo del sesenta y nueve. Pero allí, en una guerra con tales principios, tanto agentes como ciudadanos serían los únicos perdedores.
De pronto, los coches oficiales llegaban a la ciudad por el otro lado del paseo. La muchedumbre enfadada se acercaba al cordón policial donde los agentes esperaban inmóviles.
—¡Vendidos! ¡Cabrones! —Gritaban muchos en una masa desorganizada y cargada de furia—. ¡Queremos hablar! ¡Tenemos derechos! ¡Irresponsables!
Rojo encontró rostros conocidos entre los cabecillas del sector. Allí, en segunda fila y con un altavoz en la mano, estaba el mismo hombre que, días antes, le había pedido el diario en la barra del bar. Al otro lado de la manifestación vislumbró al abogado maleducado que se había presentado, dos noches antes, para defender al encargado del bar. La mañana se alargaba y por la radio se predecía el desastre: cientos de empleados de otras fábricas habían

dejado sus puestos de trabajo para apoyar a sus compañeros. La debacle estaba a punto de cumplirse.
—¡Vamos, vamos! —dijo Pomares señalándole a Rojo los coches oficiales—. Tú ve a la primera planta, ¿entendido? Y quédate allí hasta que te den órdenes de arriba.
El inspector dio media vuelta y corrió hacia los vehículos que se aproximaban. De pronto, por arte magia, Pomares había desaparecido de su campo de visión. Los antidisturbios, armados con rifles cargados de pelotas de goma, disparaban a la muchedumbre. Un puñado de agentes se agolparon formando una segunda línea. Rojo buscaba sin éxito la gabardina marrón de su compañero. El caos se formaba frente al cordón policial. Los manifestantes parecían cada vez más alterados y no tardaron en prenderle fuego a un contenedor.
—¡Queremos hablar! —Bramaba un portavoz por el altavoz. Por mucho que insistieran, poco tenían que hacer ante la impasibilidad de los diputados—. ¡Queremos hablar!
Pero no recibían respuesta. La batalla campal había comenzado.
—¡Necesitamos refuerzos! —Gritaba un agente por una radio. Los antidisturbios más próximos a los coches intentaban disuadirlos atizándoles con las porras, pero los trabajadores no habían salido a la calle para volverse a casa tan fácilmente. De nuevo, Pomares entró en escena.
—¿Dónde estabas? —Preguntó acusando al inspector Rojo—. ¡Ponte las pilas! Hay que asegurar que Collado entre en el edificio sin problemas.
Un proyectil impactó contra el cristal de uno de los coches patrulla que había aparcados junto a la entrada. Rojo sintió la ráfaga del aire y se echó a un lado. El olor a basura quemada llegaba hasta la entrada. Habían empezado a quemar los primeros contenedores y a lanzar objetos. En el frente, las barricadas cerraban el paso de los coches de policía que acudían para socorrer a los compañeros. Al comprobar qué había destrozado la luna del vehículo,

encontró un tornillo del tamaño de su dedo índice en el suelo. Lo agarró y estaba ardiendo. Aquel impacto podría haber caído en su cabeza.

Sigues vivo de milagro, pensó.

Levantó la mirada al frente y contempló al ejército de Cartago frente al rígido batallón de Roma. Entonces, vio a Pomares alejarse del grupo.

—¿A dónde vas? —Preguntó entre el ruido—. ¡Pomares!

Pero el inspector no respondió y se alejó de la manada. A escasos metros, una llamarada calcinaba el interior de un vehículo abandonado. La improvisada lluvia de metal se convertía en una violenta tormenta: coches agujereados, agentes con el rostro ensangrentado, papeleras humeantes.

—¡Vámonos de aquí! —Ordenó Rojo a un grupo de oficiales que escoltaban el vehículo de Collado. El político abandonó el coche y corrió hacia el interior del edificio protegido por los policías.

La situación empeoró con las horas. El miedo y la preocupación de los diputados obligaba a que estuvieran recluidos en el interior del edificio. Rojo caminaba por la primera planta del edificio donde permanecía una unidad de oficiales vigilando la sala de prensa. Minutos antes, Collado declaraba ante los reporteros, a la vez que, desde la distancia, contemplaban el desarrollo de la batalla campal. Más trabajadores habían abandonado sus puestos de trabajo para unirse a la lucha. La Policía pedía ayuda al Ejército. La calle era un reflejo de la mala gestión de todos: coches volcados, contenedores y vehículos de la Policía Nacional en llamas, pelotas de goma, artefactos caseros y un escuadrón de efectivos policiales que abrían distancias a medida que la tarde se volvía oscura.

—Esto parece llegar a su fin —dijo uno de ellos. Eran las nueve de la noche. Las protestas parecían haber cesado. Desde el interior del edificio, no se escuchaban gritos, ni el impacto de los cristales rotos procedentes de la calle. Los periodistas habían abandonado la sala regresando a sus redacciones. Los agentes indecisos esperaban una llamada para terminar su jornada, abandonar el recinto y volver a casa. Rojo no entendía qué hacía allí, aunque no podía molestar a ninguno de sus superiores. Era un día excepcional. Si se quejaba, estaría comiendo sobras durante mucho tiempo, si no terminaba antes expulsado.

—Os podéis marchar, si queréis —dijo a los otros tres agentes vestidos de uniforme que había con él. Eran más jóvenes, estaban aburridos y hambrientos. Rojo dio por supuesto que sus mujeres padecerían preocupadas al ver las noticias. La batalla había terminado. El desenlace, era lo de menos para él. Por un momento, pensó en su coche. Rezó para que ningún idiota del barrio le hubiese roto un espejo. Sacó un cigarrillo y lo encendió frente al cristal opaco por el que veía la calle. Los furgones policiales avanzaban, el sórdido silencio dormía sobre la sucia calle de escombros, sangre pegada al asfalto y botellas abiertas. Los servicios de limpieza tendrían trabajo unos días, pensó. El bullicio de los pasillos se desinfló como un globo de goma. Finalmente, a esos a quienes llamaban gobernantes, regresaban a sus casas. Misión cumplida, se dijo. Ningún diputado les iba a dar las gracias por haber solucionado, una vez más, los problemas que ellos habían cometido. Ese era su trabajo. Con el cigarrillo entre los dedos, sólo faltaba que alguien le diera la orden de retirarse. En la soledad de la sala, el oficial regresaba a sus infiernos más personales. Retomar la investigación de esa chica, su interrogante más profundo. Ni siquiera era capaz de averiguar qué tenía sentido y qué no en toda aquella historia. Podía seguir rascando en una pared de yeso hasta dejarse las uñas y terminar mal parado, o dejar el caso a un lado, poner su vida en orden y ser consecuente con los problemas causados. Vagó unos minutos en su estanque de pensamientos hasta que un fuerte estruendo lo sacó del trance. De pronto, sin darse cuenta, la sala estaba ardiendo. Alguien había lanzado un cóctel molotov. Las cortinas ardían provocando una nube de humo negra. En cuestión de segundos, las llamas le acorralaban. Se agachó, intentó cubrirse con las mano y gateó hasta la entrada, pero el humo era demasiado denso. Quiso gritar, pero no pudo. Le picaban los ojos y la garganta, y el oxígeno parecía consumirse más rápido de lo que gateaba. Deseó que no fuera su final y sintió cómo una mano invisible agarraba sus hombros empujándole hasta el suelo. Poco a poco, a medida que se acercaba a la puerta de la sala, se encontraba más y más débil.

—Vamos, no… aquí, no… —se repetía mentalmente. La voz de su interior se calló para siempre. La nube de humo negro se puso ante él y no tuvo más opción que la de rendirse a sus pies. Ya no habría más pasos que dar, frases que repetir ni causas por la que luchar.

17

Cuando despertó, todo había sido un mal sueño. Eso fue lo que quiso pensar el oficial, pero la realidad era muy distinta. La intoxicación, a causa del humo, le había dejado inconsciente. Al abrir los ojos, encontró un techo blanco y una habitación aséptica. Miró a su alrededor y leyó un letrero borroso que enunciaba 'Hospital Santa María del Rosell'. Todo era confuso. Estaba conectado a una máquina de respiración. Los servicios de urgencias se habían hecho cargo de él. Rojo se levantó aturdido y se quitó la máscara. Llevaba la misma ropa, que aún olía a chimenea. Las últimas imágenes almacenadas quedaban borrosas en su retina. Fuego, humo y ansiedad por salir de allí. El recuerdo seguía reciente en su memoria. Todavía podía notar el suelo abrirse bajo sus pies. Apoyó los pies en el suelo cuando descubrió a una enfermera que se dirigía a él.

—Vaya, por fin despierta, oficial —dijo la mujer. Era joven, tenía el cabello oscuro y recortado a la altura de la nuca. Su rostro era amable y eso le hizo sentir bien al policía. No todas las enfermeras eran así—. Será mejor que no se mueva demasiado. No ha sufrido daños de ningún tipo, pero ha estado renovando el oxígeno de sus pulmones.

—Creo que es suficiente —dijo con una mueca. Sólo pensaba en telefonear a la comisaría—. ¿Dónde tengo que firmar para irme a mi casa?

La mujer sonrió. Rojo no supo muy bien si con ternura o deseo.
—Es usted uno de esos agentes duros —contestó la enfermera recogiendo la máscara de oxígeno—. ¿Me equivoco?
—Dejémoslo en uno de esos agentes —contestó sin cambiar el tono. Estaba cansado. Necesitaba una ducha—. Nada más.
—Debería dejar de fumar —sugirió la mujer—. Sus pulmones se lo agradecerán… En una situación así, la salud juega un papel muy grande.
—Lo tendré en cuenta —contestó sin ganas buscando su chaqueta de cuero por la habitación—, para la próxima.
—Quizá, no haya próxima.
—¿Ha preguntado alguien por mí?
—No… —dijo la enfermera. El semblante de la chica cambió ante la indiferencia del policía. No estaba de humor para simpatías—. No se preocupe, buscaré al doctor para que le dé el alta de inmediato.
—Gracias por ser tan amable —sentenció sin empatía y la mujer cruzó el umbral de la pálida sala. Escuchó unos zapatos que se acercaban a él. Miró al marco de la puerta. No podía creer que se hubiera dado tanta prisa. Buen servicio y buenas enfermeras. Entonces, apareció ella, Elsa. Sus acaramelados labios pintados de carmín, la mirada de la niña que no quiere ser mujer y que nunca ha roto un plato. El corazón del policía se desplomó contra el abdomen. Mudo, respiró intentando articular palabra. Elsa parecía preocupada por él, aunque no fue motivo suficiente para olvidar el embuste. La mujer entró en la habitación, se acercó al inspector y puso sus manos sobre el rostro del hombre.
—¿Estás bien? —Preguntó afligida. Después se abalanzó sobre Rojo y lo abrazó—. Oh, Dios mío, gracias a Dios que estás bien, gracias a Dios…
Rojo respiró con placer. Sintió en su rostro el tacto sedoso de la blusa amarilla que Elsa lucía esa noche. Olió con

gusto el dulzón de la fragancia que desprendía su cabello. La mujer agarraba el torso del policía con fuerza, como si hubiera estado a punto de perder a un hijo. Lentamente, Rojo cerró sus brazos y se fundieron en una sola figura. Abrazar a alguien. Casi había olvidado aquella sensación. Cuando la chica se echó hacia atrás, él se dio cuenta de que su maquillaje se había corrido por las lágrimas. De pronto, comprendió que se había perdido alguna parte de la historia. Si apenas se conocían y tras el ridículo de la llamada, no tenía sentido que la mujer sintiera algo tan fuerte por él, aunque fuese pena.

—Elsa… —dijo él desconociendo cómo empezar la conversación. Puede que un hospital no fuese el mejor lugar para tener una discusión seria, pero eso nunca se planeaba y llegaba cuando el corazón lo dictaba—. ¿Qué haces aquí?

—Me dijeron que te habían trasladado al hospital.

—¿Quién? —Preguntó. Sintió la cabeza congestionada—. Bueno, qué importa…

—En la comisaría —dijo ella—. Rojo, te debo una explicación…

—¿Una? —Preguntó él con la cabeza en la frente—. Unas cuantas, diría yo.

De pronto, entró un hombre a la sala.

—Señorita, aquí no puede estar —interrumpió mirando a la pareja—. ¿Señor Rojo?

—Es mi hermana.

—Ya… —comentó incrédulo—. Bueno, qué importa eso. Se puede marchar. Recoja el alta en recepción.

—Gracias, doctor.

El hombre salió con un sospechoso movimiento de miradas.

—¿Tu hermana?

—Escucha, Elsa… —dijo el policía agotado—. No es el mejor momento para aclarar las cosas… Necesito una ducha y descansar… Huelo a sardina asada.

—Déjame ir contigo.

Rojo levantó una ceja.
—¿A qué viene tanto interés?
—Entiendo que estés molesto conmigo… —explicó la mujer con voz culpable—. No te he mentido, simplemente, pensé que no me creerías si te contaba la verdad.
—Un poco tarde para ello.
—Escuché tu mensaje… —dijo con media sonrisa. Rojo frunció el ceño y su rostro tomó un color rojizo—. Además, mírate… Necesitas comer algo saludable.
—Ya tengo una madre, ¿vale? —dijo el policía ofendido y caminó por delante de ella. De repente, Elsa lo agarró del brazo impidiéndole marchar. Estaba forzando la situación y él no sabía cómo fingir indiferencia—. Está bien, un café, pero eso es todo. Luego, me dejas tranquilo.
Ella no contestó y continuó agarrada al brazo del hombre, que era más alto que ella. Elsa se había convertido en la debilidad de Rojo. Por primera vez, era incapaz de negarle algo a una mujer. Jamás lo había tenido tan difícil. Sin embargo, por algún motivo que desconocía, siempre albergaba la duda tras esa mujer. Le sentaban muy mal las mentiras y los engaños, aunque fuesen sin intención. Desconfiaba de quien le mentía más de una vez. En la escuela le decían que siempre había que perdonar, pero eso no era para él. Pero Elsa lograba despertar algo diferente. Cuando ella no estaba a su lado, los pensamientos del policía se sumergían en arenas movedizas de celos y traición. Por el contrario, cuando la mujer caminaba a su lado, todo desaparecía. Podía olvidar lo que le había hecho, quién era y lo poco que les unía, aunque los efectos duraban un rato.
Abandonaron la sala del hospital y entraron en el ascensor. Al mirar al espejo, Rojo pensó que las personas no buscan el amor, sino alguien a quien amar.

Tomaron un taxi que los llevó al apartamento del inspector. Durante el viaje, Rojo guardó silencio y observó el destrozo que los servicios de limpieza limpiaban con esmero. Una jornada desastrosa que marcaría un punto de inflexión en su vida y en la de muchos ciudadanos. Después contempló a Elsa que se mostraba tranquila y sonriente, como quien cuida a un paciente recién operado. Él no necesitaba sus ánimos ni su compañía, por mucho que la deseara. Miró el reloj, eran las dos de la madrugada. Estaba destrozado, aunque la siesta repentina le había robado el sueño. Un café, pensó, eso sería todo. Después le diría que se fuera, por las buenas o por las malas. La historia de esa joven había terminado con su paciencia y llegado demasiado lejos. Se prometió que sería el último favor extraoficial que tomaba.

Elsa se encargó de pagar la carrera. Cruzaron la puerta del edificio y entraron en el ascensor. Ella hacía comentarios insulsos, propios de alguien que desea romper el hielo.

—Siento el desorden —dijo Rojo al introducir la llave en la puerta—. No acostumbro a invitar a nadie.

—¿Ni a mujeres?

Rojo esquivó la pregunta y permitió que la mujer pasara primero. Elsa apreció el detalle. Como había dicho, el apartamento parecía una pocilga, pero no resultó importarle demasiado.

—Mejor vayamos a la cocina —dijo, puso sus manos en los hombros de la invitada y giró su cuerpo hacia la derecha—. Prepararé café.

Elsa observó la decoración. No había nada de especial en ella. Se sentó en una mesa de madera marrón que había pegada a la pared, entre un armario y el frigorífico. Al fondo, Rojo tenía una despensa con puertas del mismo color de la mesa y una salida a la galería, que daba al gigante patio comunitario. Elsa observó al policía, que hacía un esfuerzo por concentrarse para poner el café dentro del filtro.

—¿Te echo una mano?

—No —sentenció tajante. Segundos después, lo había logrado. La luz blanca del techo iluminaba la habitación dejando el resto del apartamento en la más profunda oscuridad. La mujer se fijó en un cenicero sucio, lleno de colillas, que se encontraba junto al fuego de la cocina.

—Deberías escuchar a esa enfermera —comentó Elsa—, y dejar de fumar.

Rojo suspiró.

¿A eso había ido?

—Dame una buena razón y lo haré.

—Yo, puedo ser un buen motivo —dijo juguetona—. Tu salud es lo más importante.

Rojo se rio. La cafetera empezó a silbar. El café salía y llenaba la habitación con su aroma.

—Todavía no me creo que te haya dejado venir — contestó, puso dos tazas sobre la mesa, apagó el fuego, sirvió el café y se sentó frente a ella—. ¿Quieres más?

—No, es suficiente —dijo ella—. Gracias.

Con el semblante mustio, señaló a la taza.

—Lo que te dure el café —dijo con voz seria—, será lo que dure nuestra conversación.

Ella frunció el ceño.

—¿Se te ha chamuscado la simpatía? —Preguntó enojada—. Ya te he dicho que te daría una explicación, no seas así… Yo no te he mentido, Francisco.

Los nervios afloraron en la mesa.

—Nadie me llama así —respondió—. Me dijiste que esa chica era tu hermana, cuando ella es hija única… ¡Responde a eso!

No debió pronunciar su nombre de pila.

Elsa se desplomó. Suspiró con tanto aplomo que Rojo sintió la brisa.

—Está bien… Tienes razón —explicó echándose el cabello hacia atrás—. No soy su hermana, ni vivimos juntas… Ella se quedó en mi casa los últimos días, eso es todo.

—No me hagas perder más el tiempo, por favor, te lo pido… Elsa… —replicó el oficial—. Si es que te llamas así.

—¡Claro que me llamo así! —Voceó la mujer. Se sentía atrapada—. Soy asistente social. Lucía vino a mí pidiéndome ayuda. Su compañera la había echado del piso donde vivía y no tenía a dónde ir… Le dije que se podía quedar en mi casa unos días.

—No mientas, Elsa.

—Te juro que te estoy contando la verdad —dijo convencida—. Si te hubiese dicho que soy una asistente social, me hubieses ignorado.

—En eso te doy la razón —contestó él—. Sigue.

—Lucía trabajaba en esa sala, la Watios —explicó la mujer—. Se le había acabado el dinero y no podía dejarlo. Cuando vino a mí, ese chico, el rico, no paraba de acosarla. Me contó que se habían liado, pero que él no quería nada serio y que estaba con otras… Eso a Lucía no le gustó, de hecho, no nos gusta a ninguna…

—¿Te refieres a Manuel?

—Sí —prosiguió—. Le dije que se alejara, pero no quiso. Luego apareció el otro, el encargado del bar… A ambos los había conocido trabajando allí. Una noche me dejé caer para comprobar si me había contado la verdad, cuando ella libraba, usé mis armas de mujer y supe que el tal Ramón tampoco era de fiar. Más tarde me enteré que, Estefanía, la chica que había aparecido sin vida en la playa de Calblanque, también había sido su novia.

—¿Insinúas que hay una conexión entre ellas dos?

—No, no lo insinúo —dijo Elsa—. La hay.

—¿Qué hay de la otra? —Preguntó el oficial. El asunto empezaba a cobrar luz—. María Teresa.

—Era la compañera de piso de Lucía —afirmó con cierta tristeza en sus palabras—. Fue ella quien le buscó el trabajo.

—¿De camarera?
—No, el otro.
—Como no te expliques mejor, no te sigo.
—Esa chica parece ingenua, pero no tiene un pelo de tonta —respondió con maldad—. Ella le consigue las chicas a Ramón para que trabajen en el bar… Ya sabes cómo está todo… Muchas chicas de los alrededores vienen a labrarse un porvenir, encontrar un chico decente y seguir adelante.
—Hasta ahí, no veo el problema.
—Ramón no trabaja solo —contestó ella—, y por eso tiene las espaldas cubiertas. Todo el mundo sabe que en ese bar se vende droga, pero en vuestra oficina nadie se atreve a meter mano.
—Por eso viniste a mí —dijo el policía dando un sorbo a su café. Se sentía utilizado y revitalizado al mismo tiempo. Él conocía muy bien cómo funcionaban las cosas en su trabajo—. Soy el único inspector de fuera y sin conexiones, a excepción de Gutiérrez… ¿Cómo lo sabías?
—Soy asistente social —confesó jugando con su taza—. Tengo conocidos en todas partes y esto es Cartagena, no Nueva York.
—¿Por qué crees que nadie interviene?
Ella tragó saliva y miró a su vestido. Se limpió las rodillas e hizo una señal al paquete de tabaco que había junto al policía.
—¿Puedo?
—Pensé que no fumabas —dijo él—. Adelante.
La chica encendió un cigarrillo. Parecía tensa a la hora de hablar de aquello, lo que aumentó la curiosidad del policía.
—Hay un hombre… —dijo con voz pausada—. Una figura conocida en la ciudad dentro de la política que protege a Ramón, el chico del bar.
—El misterioso amigo —comentó él—. ¿Sabes quién es?
—No, qué va —negó meneando la cabeza—. Es todo lo que sé… Lucía nunca me quiso dar su nombre… Me dijo que la matarían.
—¿Con qué motivo?

—Después de un tiempo, Ramón le ofreció un trabajo mejor… —prosiguió la mujer—, como modelo. Le dijo que era bonita y que, si quería prosperar, allí, jamás encontraría lo que buscaba… Sin embargo, existía una forma más rápida de hacer dinero a través de la moda y él tenía sus contactos entre Murcia, Cartagena y Alicante.
—Ya —dijo el policía. Comenzó a imaginar lo que seguía.
—Desesperada, aceptó —contó Elsa—. Un día, Ramón la llevó a una finca, a las afueras de Cartagena. No supo, o no quiso, decirme dónde era exactamente… Cuando llegó allí, conoció a este hombre. Ramón se quedó fuera y los dejó solos. Era muy simpático con ella, pero algo no encajaba en todo aquel numerito. Lucía me contó que estaba nerviosa, pero él no parecía la típica persona que iba a hacerle daño…
—Al grano, por favor.
—No seas tan impaciente, hombre… —rechistó la mujer—. Después de una conversación agradable, entraron en una oficina y él se sentó detrás de un escritorio. Primero empezó con preguntas normales sobre el trabajo, sus sueños y demás…
—Para que se sintiera cómoda.
—Después, la conversación fue subiendo de tono —continuó la mujer. La voz comenzó a temblarle—. Le pidió que se quedara en ropa interior, para ver si realmente tenía cuerpo de modelo… Ella me contó que no se sentía del todo bien pero, hasta ahí, no había nada de malo en ello… Entonces, el hombre le ofreció medio millón de pesetas si se acostaban juntos, allí mismo, en ese momento, con el dinero encima de la mesa.
—Menudo hijo de perra —comentó Rojo—. ¿Accedió?
—No tuvo opción —respondió la mujer avergonzada—. Ponte en su lugar… Una chica desesperada, en casa de un desconocido, medio millón delante de tus ojos por un rato… ¿Y si se negaba? ¿Qué le sucedería a ella? Ni siquiera me creo que lo hiciera por el dinero, estoy segura de que el acoso y la presión fueron los detonantes.

—Así que aceptó.
—Lamentablemente, sí —respondió ella. Rojo no ponía en duda su relato. Era crudo y sincero—. Hay más.
—Lucía se dio a la fuga.
—No, nada de eso —contestó Elsa indignada—. Cuando terminaron, él le dijo que todo había quedado filmado en una cinta y que no le iba a dar una peseta por aquello… sino al contrario. Si no quería que su familia supiera qué hacía en la ciudad, más le valía obedecer y estar calladita…
—Tener el *piquico cerrao*… —murmuró Rojo recordando las palabras de la camarera—. Menuda panda de desgraciados.
—¿Qué? —Preguntó la mujer sin entender qué decía.
—Nada, disculpa… —dijo el inspector—. Supongo que, después de eso, lo denunciaría.
—En absoluto —contestó ella—. Piénsalo por un momento… Una chica joven, sin nadie a quien acudir… Si contaba algo, la echarían del piso donde vivía, que estaba mantenido por esta gente. Era su burdel, por llamarlo de alguna manera… No fueron dos, ni tres, las veces que tuvo que regresar… hasta que dijo basta.
—Como le pasó a la chica que encontraron en la playa.
—Puede ser… —explicó la asistente. Rojo se levantó y preparó otra cafetera—. Al principio, era sólo sexo. Después, le obligaba a que hiciera otras cosas… Descubrió que las cintas se usaban para mercadear con ellas.
—Una red de porno casero… —añadió el policía—. Imagino que la camarera y el encargado irán a comisión.
—Eso es… —afirmó la mujer—. Cuando Lucía vino a mí, no tenía dónde quedarse. No aguantaba más extorsiones y estaba asustada porque sabía que algunos políticos y personalidades importantes de la ciudad también pasaban por allí.
—Esto es bastante fuerte —dijo él soltando su taza—. ¿Cuándo fue la última vez que la viste?
Elsa suspiró de nuevo. Toda aquella historia le resultaba dolorosa. De algún modo, se sentía culpable por su

desaparición.
—En eso, no te mentí —confesó apenada—. Hacía una semana. No he vuelto a saber de ella... Por eso no podía denunciarlo... ¿Me entiendes ahora?
El cerebro de Rojo funcionaba tan rápido que le era imposible explicarse con palabras. Las conexiones de su cerebro conectaban imágenes, momentos y declaraciones. El bar, esos chicos, la investigación, el rostro de Estefanía, el cóctel molotov... Las pistas encajaban y las evidencias salían a la superficie.
—Por supuesto que te entiendo, Elsa —dijo mostrándole un poco de apoyo. Rojo alcanzó la mano de la chica, que posaba sobre la mesa, y puso la suya encima. Los ojos de Elsa apuntaron hacia él—. Llegaremos hasta el final de esto.
Ella agradeció sus palabras con una sonrisa.
—Si hubiésemos puesto la denuncia... —dijo ella con la voz rasgada—, habrían ido a por nosotras.
—Eso no pasará ya, Elsa.
La mujer retiró su mano con suavidad. Rojo sintió el suave tacto de su piel. Después, se puso en pie y cogió su chaqueta.
—Gracias por el café, de verdad —dijo ella revitalizada tras la confesión—. Será mejor que me vaya. Debes descansar. Siento que te estoy robando horas de sueño.
—Es tarde, te llevaré —dijo Rojo. En el fondo, sólo deseaba besarla y que durmiera junto a él. Su tren había vuelto pero, de nuevo, las dudas germinaron en su decisión.
—Llamaré a un taxi, no te preocupes —dijo ella y caminó hasta la puerta con el abrigo colgado por los hombros. El oficial la encaró ayudándose de su altura. Elsa lo observaba desde abajo—. Gracias por escucharme, de verdad.
El reloj pasaba. Estaba a punto de perderla.
—Puedes dormir aquí —dijo él revolviéndose en sus adentros.
—No es buena idea —contestó la mujer. Sus palabras eran

contradictorias a las señales de su cuerpo. Jamás lo tendría tan claro ante una mujer. Si no actuaba, el deseo terminaría ahí para siempre.

De repente, el oficial acercó la mirada, la acarició por el rostro y sus labios se fundieron en un delicado aunque largo beso. Ambos cerraron los ojos y saborearon el momento bajo la penumbra de la vivienda. Las chispas recorrieron sus cuerpos como un rayo de alta tensión. La presión muscular aumentó en el policía. No la dejaría marchar. La agarró de la cintura y tiró hacia él.

—Quédate, Elsa —dijo el oficial.

La mujer empujó su abrigo hacia atrás y éste cayó al suelo.

Después, se besaron de nuevo.

18

Tras un apasionado revolcón, Rojo cayó rendido entre los brazos de Elsa, agotado por el cansancio. Había sido un día extremadamente largo. Tan largo, que llegó a pensar que no viviría para contarlo. Pero, al final, el esfuerzo recompensaba. Se había entregado a ella y a su profesión. Como un recién nacido, durmió largo y tendido hasta que los rayos del sol matinal cruzaron su ventana. Cuando pestañeó, encontró el lado izquierdo de su cama vacío. La almohada todavía olía a ella. Se preguntó qué hora sería y por qué no había sonado la alarma del despertador. Por el pasillo se colaba un olor a pan tostado, café y huevos fritos. Pensó en Elsa y sonrió. Se sintió como un tarado por haber desconfiado desde el principio. Elsa era una mujer comprometida con su trabajo, como él también lo era. Su preocupación por esa chica les había llevado demasiado lejos. Por otra parte, Rojo se alegraba de que los caminos de ambos se hubiesen cruzado. De no ser así, puede que jamás se hubieran conocido. Dio un salto y abandonó la cama en calzones hasta la cocina. Allí encontró a una mujer vestida y preparada para ir a trabajar. Rojo se apoyó en el marco y miró fijamente a Elsa, que se concentraba en dejar preparado el desayuno al oficial, hasta que percibió su presencia.

—No quería despertarte —dijo con voz dulce y risueña mirando el perfecto abdomen del policía. La noche les había sentado bien a los dos. Una tonta alegría reinaba

entre las cuatro paredes—. Necesitabas descansar.
—Gracias por molestarte.
—No me las des —dijo y le guiñó un ojo. Él parecía un adolescente enamorado por primera vez. Guardó esa imagen en su retina para más tarde. Puede que no la conociera demasiado, pero estaba seguro de que quería pasar el resto de su vida con ella. Se estaba volviendo un blando, reflexionó con una sonrisa estúpida e imborrable y caminó hasta la silla—. Siento no poder quedarme, pero tengo que ir al trabajo.
—Pensaba que los artistas no trabajan —bromeó dando un sorbo al café recién hecho—. No me digas que también era una mentira…
—¡En absoluto! —Contestó exagerando agarrando su abrigo—. Soy una artista, pero no me va tan bien como esperaba…
—Espera —dijo él y se acercó a la chica. Elsa deseaba escuchar algo, pero fue sorprendida con un beso de despedida que recibió con gratitud—. Te llamaré más tarde.
—Más te vale —le contestó y volvieron a besarse durante varios segundos. Tras una caricia final, salió por la puerta y el oficial cerró con un poso de felicidad en su interior. Había alcanzado su nirvana. Después se preguntó cuánto le duraría.
Terminó el desayuno con la radio encendida. Las noticias hablaban de la catástrofe sucedida el día anterior. Más de cincuenta heridos, una decena de coches quemados, un sinfín de desperfectos y el parlamento regional en llamas. Una batalla que culminaba como había empezado, sin resultados y con un fuerte poso de amargura entre los trabajadores. Por su parte, nadie le había llamado desde la comisaría. Intuyó que el ambiente estaría muy tenso por la oficina. De todas formas, tenía una baja médica. Eso lo arreglaba todo para escaquearse un día más.
Cambió de emisora, por primera vez en mucho tiempo, y buscó algo que le ayudara a mantener el estado de ánimo.

Todavía podía apreciar el aroma embriagador de esa dama, que iba más allá del perfume. Cada mujer tenía uno diferente, como una seña de identidad. Un olor que las hacía únicas, a cada una de ellas.
A medida que bebía más café, su memoria recordó el testimonio de Elsa. Durante la conversación, en ningún momento quiso decirle a la chica que, seguramente, Lucía estuviese muerta. Era lo último que podía soltar, aunque lo más probable. La hubiese destrozado. No obstante, aunque las probabilidades fueran muy altas, mantener la esperanza era importante para los dos. Las personas no soportaban recibir malas noticias por anticipo.
Se levantó de la mesa, seguro de sí mismo, pletórico y dispuesto a cambiar el transcurso de la historia, de su historia. Si le iba a costar el puesto de trabajo, al menos, se alegraría de marcharse con el rostro bien alto. Imaginó las palabras de su padre. Él hubiera hecho lo mismo.
Caminó hasta el teléfono, descolgó el aparato y marcó el número del domicilio de Gutiérrez.
Esperó paciente, pero nadie atendió a la llamada. El inspector estaba ausente, pero Rojo no tenía tiempo para recorrer los bares de la ciudad en busca de su compañero.
Volvió a marcar.
Sonó el cuarto tono.
Cuando estuvo a punto de colgar, se escuchó una voz.
—¿Diga?
—¿Gutiérrez? —Preguntó aliviado—. ¿Dónde te has metido?
—¿Eras tú el que llamaba? —Cuestionó molesto—. Ya no puede uno cagar tranquilo…
—Siento haberte interrumpido… —dijo y cambió de tema—. ¿Estás disponible? Necesito hablar contigo de un asunto serio.
—Ya, ya me enteré de lo de ayer… —comentó—. Pensé que estarías en el hospital…
—Estaba —interrumpió Rojo—. Vístete y ponte en marcha. Te espero en una hora en el bar de mi calle.

—¿A qué se debe tanta prisa?
—Vamos a terminar con esta historia, Gutiérrez —contestó por el micrófono—. Los detalles, más tarde.
—Maldita sea, menudo misterio te traes...
—¡Ah!
—¿Sí?
—No olvides el cinto —dijo el oficial Rojo y colgó.

Una hora y media más tarde, los dos inspectores de la Policía Nacional se veían las caras en una mesa del Dower's. Gutiérrez había aparecido con el cabello mojado y peinado hacia un lado. Un pequeño mechón rebelde se resistía a continuar la onda marcada por el peine. Era gracioso, sin duda, aunque parecía cansado. Mientras Rojo ocupaba las líneas de fuego, Gutiérrez había sido enviado a proteger a los funcionaros del ayuntamiento. Una rebelión de ciudadanos y trabajadores provocó altercados en el mobiliario y varios heridos. En cambio, él no recibió ningún golpe, pero no se libró de darlos. Después de aquello, pasó la noche bebiendo en la barra de un bar solitario, como solía hacer para olvidarse del día.
—¿Qué os pongo? —Preguntó Félix con una sospechosa sonrisa. Conocía a Rojo y sabía quién era Gutiérrez. Aquello sólo podía significar una cosa. Al camarero le gustaba imaginar que su bar era un centro de operaciones secreto—. Invita la casa.
—Dos cafés, Félix —pidió Rojo. Gutiérrez levantó el brazo para pedir algo más, pero Rojo le interrumpió—. Solos. Eso es todo.
La expresión de su compañero lo dijo todo. El camarero se retiró y los policías regresaron a la conversación.
—Pero…
—Te quiero sereno —reprochó Rojo—. Nada de alcohol, al menos, por un día.
—Venga, cuéntame… —dijo resoplando contra la mesa—. ¿Qué es eso tan misterioso?
—He descubierto lo que se cuece en ese bar —explicó el inspector en voz baja—. Sé qué están haciendo, qué pasa con las chicas… y dónde terminan.
Gutiérrez levantó una ceja.
—¿Tienes pruebas?
—Un testimonio.

—La tipa esa, ¿eh? —Dijo con sorna e hizo una mueca—. No, si ya te decía yo…

—Es nuestra oportunidad para dar un puñetazo en la mesa, Gutiérrez.

El camarero se acercó y sirvió los cafés. Se produjo un silencio incómodo y después desapareció.

—Mirándolo así, no tenemos mucho que perder…

—Al parecer, la camarera y el encargado se reparten las labores —prosiguió Rojo—. Ella se trae a las chicas de fuera, les consigue una casa, un trabajo… Después se las pasa al encargado.

—No te entiendo, compañero…

—Un hombre, alguien con poder en todo esto… —dijo Rojo—. Él es quien financia todo.

—El famoso *amiguete* del chaval.

—El encargado las encandila con la falacia de una falsa entrevista de trabajo, después las lleva a la casa del tipo este, las graba y las chantajea —explicó Rojo—. Llegados a ese punto, la chica no tiene otra opción que someterse…

—Menudos mamones… —contestó Gutiérrez—. ¿Cuántas chicas han pasado por esto?

—No tengo ni idea —expresó el compañero—. Sólo sé que la joven que encontraron en la playa… estaba metida también en el ajo.

—Jodidos enfermos… —añadió molesto—. Mi hija podría ser una de ellas.

—Lucía, antes de desaparecer… —continuó Rojo—, le dijo a Elsa que allí solían ir algunas personalidades conocidas, aunque no le quiso dar nombres.

—¿Políticos?

—De todo tipo… —contestó reticente—. Quién sabe.

—Por el bien de esa mujer que lo que dices sea verdad, Rojo —respondió. Se había hartado de escuchar—. ¿Cuál es el plan?

—Regresar al bar esta noche, esperar al cierre y hacerle cantar al tal Ramón —dijo Rojo—. Esta vez, sin abogados ni matones de por medio.

—Vale —contestó—. ¿Y después?
—Iremos a casa del misterioso hombre.
—¿Y si no nos revela el paradero?
—Iremos, Gutiérrez —afirmó el policía—. Con o sin él, pero iremos.

19

Adentrados en la noche, los dos inspectores esperaban de nuevo en el interior del coche rojo. Era martes, el movimiento nocturno, escaso, y los hechos del día anterior aún flotaban en el ambiente. Sin embargo, la sala Watios seguía abierta, como hacía cada noche, hasta que decidieran bajar la persiana. Hombres de mediana edad entraban y salían, generalmente, en parejas o grupos de tres y hasta cuatro personas. Una vez conocidos los antecedentes del local y el historial de sus empleados, Rojo no sospechaba que fuesen solo a comprar droga. Con empeño, hacía un esfuerzo por memorizar el rostro de todos esos desconocidos que se perdían al cruzar la puerta para ser transformados en anónimos diferentes. Era imposible y resultaba tedioso. A su lado, Gutiérrez miraba, con el ojo derecho más abierto que el izquierdo, por la ventanilla. Recostado y con una moneda entre los dedos, hacía largas respiraciones que sonaban como el ronquido de un orangután.

—Odio las esperas —comentó con su voz oxidada—. No sé si te lo he dicho ya… Es una de las cosas que no te enseñan en la academia, ¿eh?

—Entre otras.

—Si te soy sincero… —prosiguió. Rojo escuchaba sin desviar la atención de los que merodeaban por la entrada del local—, no las odio por la espera en sí, ni las horas muertas… Las odio porque me obligan a reflexionar, a encontrarme conmigo mismo, y eso me aterra…

—Te dije que nada de beber, Gutiérrez…
—Estoy hablando en serio, diablos… —gruñó mirando de reojo—. A veces, pienso que la vida es como una ruleta de casino… Nos empeñamos en tirar la bolita rezando todo lo que sabemos para que caiga donde toca… pero… después no toca… y le echamos la culpa al azar… En el fondo, las personas no somos tan diferentes unas de otras… No importa a qué eslabón social pertenezcas, ni cuánto hayas logrado en esta vida… Todos buscamos lo mismo, al fin y al cabo.
—La noche te inspira, compañero…
—Tú ríete… —dijo. Rojo intentaba evitar la conversación—, pero… en algún momento, te darás cuenta de que toda tu vida has ido detrás de la aprobación de alguien… Todo se reduce a eso, la aprobación, sentirse aceptado, que alguien valore lo que haces y se sienta orgulloso de ti… No hay más.
Rojo pensó que su compañero, por una vez, estaba siendo sincero y no le faltaba razón. En lo más profundo de su corazón, las palabras de Gutiérrez se transformaban en el discurso de su padre. El ser humano en busca de la verdad ajena, antes de aceptar la suya propia.
—No te pongas melodramático, hombre…
—¿Acaso es mentira? —Preguntó cuestionado—. Desde niños… No hay más que ver como nos crían desde hace siglos…
—¿Y quien no lo logra?
—Huye… tan rápido como un galgo… —murmuró—, pero… ¿Sabes? No sirve de nada… Al final del día, cuando te acuestas mirando a las estrellas… la oscuridad vuelve y te recuerda el fracaso en el que te has convertido…
Rojo reflexionó sobre su respuesta. Era evidente que hablaba de la relación que tenía con su hija. No quiso preguntar, pero dudó que Gutiérrez luchara. Más bien, era ese galgo que corría cada noche, aunque su aspecto fuese más parecido al de un bulldog inglés.

Sacó el paquete arrugado de Fortuna y palpó un cigarrillo. Tal vez era un buen momento para nuevas decisiones, tomar el control de su vida. Tal vez esa enfermera tuviera razón. Dejó el filtro en su sitio y arrugó el paquete.
—¿Qué haces? —Preguntó atónito el compañero. Rojo sintió algo a lo lejos. No podía creerlo.
—Mira eso… —dijo señalando con el índice—. ¿Es Pomares?
Los dos guardaron silencio. El inspector rubio esperaba en la puerta del bar, arropado por el silencio de la noche. ¿Querrá apuntarse una victoria a nuestra costa?, pensó Rojo. Lo que desconocía el Pomares era que sus compañeros también estaban allí.

Ninguno de los dos supo muy bien cómo reaccionar a lo que estaban viendo.
Las premoniciones de Rojo se hacían realidad. El subconsciente le revelaba una verdad que se había planteado desde el principio de la investigación.
—Siempre tuve la sensación —dijo Rojo—, de que este cabrón estaba metido en algo turbio…
—No hables antes de hora —replicó el compañero—. Si nos descubre, estamos muy fastidiados. Ninguno de los dos deberíamos estar aquí.
—Venga, hombre —contestó Rojo—. ¿Crees que está de servicio?
—No lo sé, pero no me gusta nada lo que veo.
Rojo se frotaba las manos, necesitaba moverse. Padecían en sus carnes el helor de la noche y empezaban a congelarse allí dentro. Pensándolo bien, Pomares podía acusarlos de mil y una forma y terminaría teniendo la sartén por el mango. Por otro lado, ni Rojo ni Gutiérrez estaban en la posición de pedir cuentas ni de inculpar a nadie. Sin embargo, si él era parte de aquel circo, la única manera de saberlo era acercándose allí. Tenían que actuar, el tiempo se les acababa.
—No tiene pinta de ir a tomarse una copa…
—Con dos huevos, Rojo —insistió Gutiérrez—, vamos ahí, entramos y, si hace falta, desenfundamos. ¿Qué piensas?
—Que estás mal de la azotea —respondió—. Eso sólo nos llevará al hospital… o al cementerio.
Pomares comprobó ambas esquinas de la calle. Los dos agentes se deslizaron hacia abajo para que nos los viera. Después, esperó a que se marchara el último de los clientes, que parecía interesado en quedarse un rato más. En la puerta del local, Pomares intercambió unas palabras con aquel espontáneo y, segundos después, el desconocido

salió espantado en dirección contraria al coche.
—Ha estado cerca —dijo Gutiérrez mirando de reojo—. Si nos llega a descubrir…
Acto seguido, el inspector Pomares sacó pecho y comprobó que no hubiese nadie. Parecía decidido y confiado. Sacó el arma, la cargó y la guardó de nuevo. Después, la silueta desapareció por la puerta.

20

Rojo tuvo un mal presentimiento de que sucedería allí dentro. Palpó su arma, la sacó y comprobó también que estuviera cargada.

—Te has decidido —murmuró Gutiérrez observando la pistola—. Unidad, Rojo, unidad.

—Sé cauto, sólo te pido eso —dijo y guardó el arma en el cinto. Gutiérrez abrió la puerta del coche.

—Si ese hijo de la gran perra está metido en esto… —comentó al salir—, la que se puede armar… ¡Madre mía! Puede ser muy gorda… Sabes a lo que me refiero, ¿verdad?

—Descuida —contestó. Claro que lo sabía. Gutiérrez hablaba del peor de los escenarios y eso no le hizo ninguna gracia al inspector Rojo. Si al entrar al bar, la situación se volvía turbia, no tardaría en disparar a quien se moviera. Quería asegurarse de qué lado estaba, en caso de que Pomares fuera uno de los que terminase con el cráneo cargado de plomo.

Pensó en la cabeza del oficial volando en pedazos como un melón, después abandonó el vehículo. A medida que se acercaban, podían oír la discusión procedente del interior. Una de las voces pertenecía a Pomares, que parecía más enfadado que nunca. La otra, era la voz de Ramón, el encargado del bar. Rojo no olvidaba a los mentirosos. Le hizo una señal de silencio a su compañero para que anduvieran con sigilo. Antes de llegar a la entrada, atisbó una ventana hacia uno de los callejones que salían de San

Agustín. Pensó que allí, en caso de refriega, tendrían un ángulo cómodo para disparar. Cruzaron la puerta como dos transeúntes anónimos y se colocaron bajo el marco del pequeño cristal.

La conversación, en el interior, era tensa. Sobre la barra había una raya de polvo blanco que, probablemente, los dos habían esnifado.

—¡Esto tiene que parar! —Gritaba Pomares excitado—. Es el fin, ¿os queda claro? Se acabó. Ha salido todo mal, nos van a investigar a todos.

Ramón parecía asustado bajo la altura del inspector. Sin embargo, no reculaba. Era como si estuviese acostumbrado a sus chantajes.

—Eso lo tendrás que hablar con él, Pomares... —dijo Ramón—. Yo no pienso bajarme del carro porque las cosas te hayan salido mal... Me gano la vida con esto y ya he arriesgado bastante.

—¿Perdona? —Dijo dando un fuerte grito—. ¡Repite eso si tienes huevos!

—¡Escúchame! —Bramó dándole una palmada en el pecho con la intención de echarlo hacia atrás—. Hicimos lo que dijiste, el poli ese se tragó lo que le conté y nadie más sabe sobre las chicas... ¿Qué más quieres? Además, tú eres el último que lleva las de perder...

—Llámale, vamos, no me hagas perder el tiempo... —ordenó Pomares. Rojo y Gutiérrez miraban atónitos desde una esquina—. No pienso ir hasta su casa... Dile que venga aquí, que se terminó todo... las chicas, las drogas, las subvenciones... Todo.

—Cálmate, hombre... —dijo el chico con intención de relajar al policía—. Ya sabes cómo se toma las malas noticias... A veces, es peor el remedio que la enfermedad.

—Si no viene él —insistió—, por mi padre que voy pa'llá y tú conmigo, ¿me oyes?

—Pero tío, Pomares... —rogaba el encargado—. Que este hombre tiene muchos contactos... Ponte en mi lugar, hombre... Que me acabo de comprar un coche y lo estoy

pagando…
—¿Qué me estás contando, imbécil? —Preguntó alzando la voz—. ¡Me importa un capullo! A estas alturas…. ¿Es que no te enteras? ¡Que soy la Ley! ¡La Ley! ¡Que mañana os puedo meter a todos en el trullo! ¡Descuelga el puto teléfono! ¡*C-o-o-o-j-o-n-e-s*!
El chico no parecía estar convencido de ello. Por algún motivo, la llamada le podía traer peores consecuencias que una discusión con Pomares.
—*Acho*, de verdad… —dijo el chico agobiado meneando la cabeza—. Se te va la pinza… Será mejor que te des el piro, te tomes una tila y ya mañana le llamas con más calma…
Antes de terminar la frase, Pomares desenfundó su arma y le apuntó a la cabeza.
—Ponte de rodillas —dijo mostrándole las encías y con los ojos abiertos—. Vamos, obedece.
Gutiérrez le dio un ligero codazo a su compañero.
—Te lo dije… —murmuró—. Era palomo…
Rojo le hizo una señal para que siguiera callado.
—¿Estás de broma, no? —Preguntó el chico con las manos en alto—. Venga, Pomares, no seas así…
—Ponte de rodillas, he dicho —ordenó. El chico obedeció y clavó las rodillas en el suelo. El policía quería abusar de su poder para darle una lección sobre el respeto—. Ahora, quítame el cinturón.
Sometido y humillado, el chico agarró la correa y abrió la hebilla. Cuando vio que Pomares levantó la mano para frotarse la nariz, se abalanzó sobre él. Se escuchó un disparo en el local. Gutiérrez estaba preparado para entrar en acción, pero Rojo lo detuvo e insistió en que esperara. En el interior, el inspector forcejeó con el chico, que parecía más ágil, aunque inferior en fuerza. El arma se había quedado lejos de los dos. El encargado se puso en guardia e intentó darle una patada al policía. Tras el primer intento, volvió a devolverle la patada, pero el inspector supo pararla antes de ser golpeado. Entonces, Pomares, sin

que el chico lo esperara, sacó un machete de su cintura y se lo clavó en el pecho, hasta tres veces. Rojo y Gutiérrez observaron cómo la mirada del joven, paralizada, se volvía frágil e inútil. El inspector sacó pecho como un pavo real, orgulloso de la reprimenda, y el cuerpo de Ramón se desplomó en el suelo sin mentar una última palabra.

—Se lo ha *cargao*… —murmuró Gutiérrez—. Vamos, Rojo.

—Espera… —dijo y ambos vieron cómo el inspector, alterado aunque consciente de lo que había cometido, limpió la hoja del cuchillo, recuperó su arma y se marchó de allí con paso firme. Escondidos, esperaron a que el inspector rubio saliera a la calle. Ambos sacaron sus pistolas y apuntaron al frente. El corazón de Rojo latía a gran velocidad. Podía descubrirlos y las consecuencias serían imprevisibles, pero no había marcha atrás. Para su gracia, pasó por delante de ellos sin atisbarlos, caminó todo recto hasta un Opel Kadett de color negro, metió la llave y se subió al vehículo. Después, las luces rojas traseras se perdieron al girar la esquina.

—Ha estado cerca… —comentó Pomares—. Lo tenía a tiro.

—Vamos, ponte en marcha —ordenó Rojo caminando hacia su coche—. Tenemos que seguirlo, nos llevará a ese tipo.

—¿Y el chaval?

—Nosotros nunca estuvimos aquí.

Inmersos en la madrugada, se subieron al vehículo francés para incorporarse al escaso tráfico del paseo Alfonso XII. La carretera estaba desierta. A lo lejos, encontraron el sedán de Pomares detenido ante un semáforo. Rojo tenía que mantener la distancia. Esta vez, no iba detrás de una camarera en ciclomotor. Daban caza a otro policía, y no uno cualquiera, sino uno de los más peligrosos y entrenados de la comisaría. Así que era consciente de que Pomares, al volante, si notaba que lo seguían, podía sorprenderlos de la peor de las maneras.
Todos los años de entrenamiento para esto, Rojo, pensó.
En marcha, otros vehículos se cruzaban por su camino a medida que se incorporaban a la carretera que los sacaba de la ciudad. Gutiérrez guardaba silencio y apenas se movía, algo inusual en su comportamiento. La radio estaba apagada y las luces verdes del salpicadero eran lo único que alumbraba el interior. Rojo se preguntó si su compañero tendría miedo, pero descartó la idea. Gutiérrez estaba hecho de otra pasta. Había sido boina verde y, antes de preguntar, ya conocía la respuesta. Como había indicado Elsa, el inspector los llevaría a una casa, a las afueras de la ciudad. El problema era que las afueras de Cartagena se encontraban rodeadas de pueblos y caseríos. Pronto, se dieron cuenta de que Pomares sabía muy bien a dónde iba. Conducía suave y con seguridad. Dejaron atrás el parque de bomberos y cruzaron el caserío de Vista Alegre. La luz amarillenta de las farolas iba y venía formando tramos de completa oscuridad. El alumbrado público fallaba y, a partir de allí, la carretera se convirtió en un camino salvaje e inhóspito. El Opel Kadett de Pomares continuó su trayecto como la persona que regresa a su casa tras una jornada laboral. En cambio, sus dos compañeros, desde la distancia, frenaban y reducían en cada curva que se presentaba.

Minutos más tarde, pasaron otro caserío y llegaron a un cruce. El vehículo alemán se desvió para tomar dirección Alumbres, un pueblo que había ganado fama en el pasado por su centro minero. Cruzaron el corazón del municipio dormido, dejando a su lado las aceras estrechas, las casas viejas con patio y sus entradas con persiana. Finalmente, entraron por uno de los caminos que se dirigían a la rambla de Escombreras, una bifurcación de tierra sin asfaltar que se adentraba hacia rutas salvajes y desconocidas, rodeadas de viejas casas desperdigadas, construidas antes de la Guerra Civil. Desconocían el paisaje y, mucho menos, su localización. Molinos, secarrales y tierra árida que crujía en los surcos de las ruedas. De pronto, el coche de Pomares apagó las luces y aminoró la velocidad.
—¿Qué ha sido eso? —Preguntó Gutiérrez alarmado—. ¿Ha desaparecido?
—Menudo desgraciado —esputó Rojo. La situación se complicaba. Quizá Pomares los hubiera descubierto y estuviera esperándolos a la vuelta de la esquina. De ser así, no durarían ni un asalto. Apagó el motor, estacionó bajo un árbol y pidió silencio. Después, bajó la ventanilla del coche y escuchó el ruido procedente de la noche. Se lo había enseñado su padre, el mismo día que Rojo cogió un arma por primera vez. El motor del vehículo seguía funcionando y, poco a poco, se perdía en el infinito—. Sigue conduciendo, no se ha detenido.
Esperó unos segundos y arrancó de nuevo el coche. Se introdujo en el camino y condujo bajo el rumbo de la intuición. Sin aumentar la velocidad, con el sonido del otro coche y el recuerdo de su trayecto, forzaba la vista para asegurarse de que no toparan con un bancal de tierra.
—Demonios, Rojo… —murmuraba Gutiérrez en la penumbra—. ¿Estás seguro de lo que estás haciendo? Mira que como nos asalte, la hemos liado…
Pero el inspector no respondía, estaba tan concentrado en su maniobra que le resultaba imposible escuchar a su

compañero. Tras un breve y tembloroso recorrido, vieron dos farolillos en la distancia. Era la entrada de una antigua vivienda rural de dos plantas. Un viejo cortijo de arquitectura popular con la fachada pintada de blanco y desconchada por la erosión del tiempo. Detuvieron el coche a mitad del camino junto a un ribazo y salieron a la intemperie de la noche. El automóvil de Pomares se encontraba aparcado a dos cientos metros de ellos.

—Tiene que ser ahí —dijo Rojo señalando a uno de los farolillos de luz blanca—. Parece que ya ha entrado.

—Rojo… —dijo su compañero quitando el seguro de la pistola—. En el momento que crucemos esa puerta, Dios sabe lo que encontraremos.

—Lo sé, compañero —contestó y empuñó el arma heredada de su padre—. Lo que no se aprende de joven, se ignora de viejo.

Bajo el cielo oscuro limpio de estrellas y el resplandor débil que llegaba a sus pies, iniciaron su paso hacia el interior de la finca.

21

Caminaron por un sendero que los llevó hasta la puerta principal de la casa. Tanto a la derecha como a la izquierda, había pequeñas ventanas protegidas por una reja y tapadas por el visillo. Rojo levantó la persiana y cruzaron el umbral de la entrada. Él encabezaba a la pareja y Gutiérrez cubría su espalda. Las luces estaban apagadas y una pequeña lámpara brillaba sobre una mesa camilla. Al entrar, observaron un largo pasillo que se unía con un salón y con las puertas de tres dormitorios. El suelo estaba formado por baldosas amarillentas con figuras de color marrón. Una cabeza de toro colgaba de una de las paredes. Al otro lado, sombreros de paja, bastones y chaquetas de cazador. Debían extremar las precauciones. Lo más probable era que estuvieran armados con rifles. Se adentraron unos metros y husmearon por los alrededores de una chimenea que limitaba el salón. En la habitación olía a leña quemada, pero allí no había restos de haberse producido una hoguera.

La casa era más grande de lo que el inspector hubo pensado en un primer momento. Unas escaleras llevaban a la primera planta y el pasillo continuaba hasta una puerta cerrada de madera negra. Tenían que escoger, aunque no estudiaba la posibilidad de separarse.

—Vamos para arriba —susurró Gutiérrez sujetando la pistola—. Aquí no parece haber nadie.

—No, espera… —dijo Rojo y pegó la oreja a la puerta que ponía fin a la entrada. Sintió el frío de la pintura. Estaba

seguro de haber escuchado algo, pero no sabía el qué.
—¿Oyes a alguien?
—Si hablas, te aseguro que no... —respondió. Apartó la cabeza y miró a su compañero. De cualquier manera, tendrían que cruzar una puerta desconociendo lo que había tras ella—. Si algo se mueve, dispara.
Rojo giró la manivela, se escuchó un chasquido y empujó hacia el fondo. Expectante, Gutiérrez sostenía el arma con los brazos extendidos. Después se oyó un ligero golpe de la puerta. No había nadie al otro lado. El pasillo llegaba hasta un segundo salón, un patio y una cocina. Esta vez, sí había luz, lo cual significaba que Pomares estaría cerca. Tras merodear por la habitación, escucharon dos voces masculinas que procedían de una habitación de la planta de arriba.
—Pomares... —dijo Gutiérrez reconociendo su voz. Habían tomado el camino equivocado, pero aún estaban a tiempo de retroceder. Las voces se amplificaban a medida que el silencio regresaba a la sala. El inspector Pomares discutía con otro hombre, probablemente, el mismo de quien hablaba Elsa y quien había ido a ver. Intrigado, se dio cuenta de que su voz le resultaba demasiado familiar. La había escuchado antes, aunque no lograba asociarle un rostro.
Retrocedieron con sigilo y tomaron los escalones que llevaban a la planta superior. Un olor a incienso se volvía más intenso a medida que subían las escaleras. Rojo sintió un cosquilleo recorrer sus articulaciones. Estaba llegando al final de aquella historia, o eso deseaba creer. La planta superior era tan amplia como el piso donde habían estado. Sin embargo, el espacio estaba repartido por habitaciones y un arco que separaba las dos partes de la construcción. Con las luces apagadas, no tenían más remedio que seguir el resplandor que entraba por la ventana, fruto del farolillo de la calle. La voz de Pomares se amplificaba. Iban en la dirección correcta.
—Entremos ya, Rojo —ordenó Gutiérrez ansioso. El

inspector le volvió a hacer una señal de silencio con las manos. A escasos metros de la puerta, la conversación era inteligible.
—No te entiendo, Antonio... de verdad —dijo la voz desconocida—. Después de todo lo que hemos hecho por ti, ahora vienes de esta guisa... Eres un desagradecido.
—Ya me has oído, se ha terminado —respondió Pomares alterado y chasqueó la lengua varias veces—. Ni drogas, ni vídeos, ni chicas...
—Ni chicos —respondió el hombre—. Chicos tampoco, Pomares.
Los ojos de Gutiérrez se volvieron a iluminar de furia. No daba crédito a lo que oía.
—No pienso aguantar ni un chantaje más —dijo el policía—. Me he jugado mi puesto, mi carrera, por negociar con unos chapuceros.
—Un momento, recula, Pomares... —dijo el hombre—. Tu carrera, ¿qué hay de todas las personas involucradas? Tú también estás metido en todo esto.
—¿Que recule?
—No es mi asunto que te haya salido una almorrana en la oficina... —explicó el hombre—. Desde un primer momento, dejamos claro que de eso te encargabas tú, de separar los asuntos oficiales de los negocios... y siento decirte que ahí has fallado. Hicimos un trato, no has cumplido y nadie te ha recriminado nada... No te asustes ahora y actúa como un hombre... No eres el único que se juega su puesto.
—Os dije dónde iba a estar —replicó el inspector—, yo mismo lo mandé allí. Le prendisteis fuego a todo menos a él... ¡Chapuceros!
—¡Vigila tus palabras!
Gutiérrez miró a su compañero con pena. Las declaraciones de Pomares entraron como un puñal en el corazón de Rojo. Puede que tuvieran sus diferencias y que estuviera metido en asuntos que no le incumbían, pero lo último que esperaba era que fuese un ser tan despreciable.

Él le había defendido ante su compañero, había guardado su secreto. Menudo infame, pensó. Lección aprendida. El incendio de la Asamblea Regional no había sido un accidente producto de la furia de unos obreros embravecidos. Todo había formado parte de un plan de Pomares para quitárselo de encima sin mancharse las manos.

La respuesta de Rojo no tardó en llegar.

Cargado de furia, abrió la puerta de una patada.

Una lámpara de velas artificiales iluminaba el centro de una sala de estar. Una biblioteca cargada de viejos libros decoraba una de las paredes. Pomares miraba sorprendido con los brazos cruzados, como solía hacer. Frente a él, un hombre delgado con las piernas cruzadas, de cabello largo y barba frondosa, aguardaba sentado en un sofá de piel roja con una copa de coñac en la mano. En la otra, sujetaba un cigarrillo. Por fin ponía rostro al hombre que lo miraba desde la distancia. Jamás habría sospechado de que una persona así podía estar detrás de todo un asunto tan turbio. Pero las personas nunca eran lo que aparentaban en sociedad. Mariano Arpones, el portavoz del sindicato de trabajadores más conocido de todo el país; el líder de la masa enfurecida que había plantado cara a la clase política, el hombre comprometido por las desigualdades sociales, el cerebro de toda esa red de perversión y estupefacientes. El ying y el yang materializado en persona.

Cuando los inspectores irrumpieron, la conversación se detuvo por completo. El inspector Pomares parecía más nervioso que su acompañante.

—No esperaba menos de ti, Pomares… —dijo Gutiérrez con el arma levantada—. Los dos palomos, en la misma rama…

—¿Qué es todo esto? —Preguntó Arpones abrumado y aplastó su cigarrillo contra un cenicero de aluminio—. Eres un traidor…

—Las manos quietas —ordenó Rojo apuntando a Pomares—. Hemos escuchado toda la conversación.

Pomares se giró sin importarle la presencia de sus compañeros.

—¿Qué has escuchado, valenciano? —Preguntó desafiante—. Baja el arma, anda. Todo forma parte de una operación policial.

—No estás en potestad de dar órdenes —contestó Rojo.
—Estoy seguro de que podemos llegar a un acuerdo… —intervino el portavoz nervioso—, pero bajen las armas, por favor.
—Se os va a caer el pelo —dijo el rubio—. A los dos… La habéis cagado hasta el fondo interviniendo…
—Me asombra tu valentía, Pomares —dijo Gutiérrez—, para lo desviado que eres… ¿Qué pasa? ¿Los mayores no te gustan?
Pomares inspiró para contenerse.
—Te voy a partir la cara, borracho de mierda —contestó furioso señalándole—. Mañana te habrás arrepentido de haber dicho eso. Os voy a hundir la vida a los dos en cuanto salgamos de aquí.
—Deberías ser más condescendiente con tus palabras —dijo Rojo.
—Te lo repito, idiota —insistió—. Estáis reventando una operación policial… Fin del juego, bajad las armas y no la pifiéis más.
—Eres un traidor, Pomares… —contestó el hombre—. No le hagáis caso, os está mintiendo… Es su palabra contra la vuestra, además, si os lo queréis quitar de encima, tenéis mi beneplácito…
—¿A ti quién te ha dado vela? —Preguntó Gutiérrez—. Condenas unas injusticias para cometer arruinarle la vida a esos chavales… ¿Sabes lo que eres? Un cerdo y un hijo de la gran puta.
De pronto, Pomares aprovechó la discusión para sacar su arma y apuntar a Rojo. El oficial se puso tenso. El cañón de su compañero se dirigía hacia él. Pomares estaba drogado y demasiado cerca para evitar la bala. Cualquier cosa podía suceder en cuestión de segundos. Si tiraba del gatillo, todo habría acabado: su vida, su carrera, Elsa… todo. Imaginó la bolita de la ruleta botando entre las casillas. Dejar la vida al azar para después echarle la culpa. Gutiérrez tenía razón, la suerte no existía.
—Muchachos, bajad las armas… —sugirió Arpones con

las manos abiertas—. No queremos que esto acabe tan mal.

—Ya le has oído, Pomares —ordenó Rojo—. No te compliques más la vida.

—Te pierde la boca, valenciano —dijo—. Eres tú quien se la está complicando… Te dije que te mantuvieras al margen, no me hiciste caso… Te dije que dejaras el asunto de la chica, y seguiste…

—Declararé en su contra si es necesario —dijo el hombre—. Tengo pruebas, registros, vídeos… ¡Él es quien ideó todo! ¡Os estáis equivocando de persona! Os daré lo que me pidáis…

—¡Cierra el pico! —Gritó Pomares—. ¡Das pena!

—Un momento, un momento… —dijo Gutiérrez levantando una mano—. Explícate mejor…

Arponero guiñó un ojo y giró el mentón unos centímetros. Había llamado la atención del policía. Eso daba la vuelta al tablero. Rojo miró a su compañero nervioso. A esas alturas, lo último que esperaba era que Gutiérrez cambiara de parecer. No podía ser cierto.

—Bueno… —dijo el sindicalista acariciándose la barba—. Aumento salarial, una carrera cómoda, el puesto de Pomares y… algún extra, claro…

Gutiérrez frunció el ceño y juntó los labios.

—No está mal la oferta no… —comentó—. Háblame del extra.

—¿Qué cojones haces, Gutiérrez? —Preguntó Rojo confundido.

—Cierra el pico —dijo el hombre—. Ahora, me toca a mí hablar.

Pomares comenzó a reír y dio una palmada histriónica, fuera de lugar. Las gotas de sudor empapaban su frente. Rojo se quedaba solo, de nuevo. Todos le traicionaban.

—Pues eso ya depende de… Ya sabes… —explicó el hombre más relajado aunque con cierto nervio en su voz—. Lo que pidas… chicas, chicos…

—¿Menores también?

—Todo es cuestión de preguntar…
Se escuchó un ligero murmullo. El silencio inundó la sala. Después, una fuerte explosión, y otra, y así hasta tres veces. Los casquillos cayeron en el suelo. Gutiérrez le encajó tres balas en el rostro. Tenía la nariz desfigurada, la cara partida, un gran agujero entre las cejas y el cráneo cargado de plomo. Los impactos le perforaron la cabeza. Después, con la expresión estática, el cuerpo se derrumbó de golpe en el suelo formando un charco de sangre.

22

Entre la confusión, Rojo se acercó a Pomares, le propinó un fuerte golpe en la muñeca y el arma cayó al suelo. Después lo redujo por la espalda, le quitó las esposas que guardaba en la cintura y se las puso.
El semblante del oficial rubio había cambiado por completo. Era él quien no comprendía nada. La bola de la ruleta, una vez más, caía en el hueco equivocado. Asustado y alterado por el efecto de los narcóticos, observaba la escena sin esputar palabra ni ofrecer resistencia.
Gutiérrez contemplaba el cadáver abatido en silencio. Rojo tampoco entendía nada. Con Pomares de testigo, las opciones de salir airosos se reducían.
—¿Estás bien? —Preguntó a su compañero petrificado ante el cadáver—. Guarda el arma, vamos.
—Sólo quería escucharlo de su boca —contestó—. Ese cabrón no merecía otro final.
Pomares, arrodillado, comenzó a reír desde un rincón de la habitación.
—¿Éste de qué se ríe? —Preguntó Rojo. Gutiérrez caminó hasta él y le volteó la cara de una patada—. ¡Para! ¡Qué coño haces!
—¿Qué vamos a hacer con él? ¿Eh? —Cuestionó alterado el compañero—. ¿Dejarlo con vida para que nos delate? Lo que nos faltaba.
—Se os va a caer pelo —dijo Pomares—. Ahora sí que estáis metidos hasta el fondo.
—Tienes razón —contestó Rojo—. Mátalo.

Se hizo otro silencio. Esa vez, inaguantable.
Gutiérrez sacó el arma de su cinto y posó el cañón sobre el entrecejo del inspector. Pomares temblaba y se arrastraba hacia atrás, pero no podía, la pared le frenaba. Gutiérrez no parecía estar dispuesto a arrepentirse. Sabía de lo que era capaz, había perdido el norte por completo. Un brote de lágrimas corría por su rostro. Tenía en frente a su verdugo.
—¡No! —Gritó con todas sus fuerzas echándose hacia atrás—. ¡Espera!
—¿Última voluntad? —Preguntó Gutiérrez—. No me fastidies…
—¡No me mates, por favor! ¡No lo hagas!
—¿Y dejar con vida a un degenerado como tú? Que abusa de jóvenes y permite tantas atrocidades… —comentó el policía gordinflón—. No sé, Rojo, ¿tú qué dices? No es mi estilo.
—¿Dónde está la chica? —Preguntó Rojo—. Habla.
—No sé de qué me estás hablando…
Rojo miró a Gutiérrez y éste volvió a levantar la pistola. Rojo se acercó por detrás, agarró una de sus manos y le torció un dedo. Se escuchó un fuerte alarido, pero allí, nadie los escucharía.
—Por última vez, Pomares —repitió sujetando un segundo dedo—. Dónde está la chica.
—¿Qué chica? ¡No sé de quién me hablas! —Exclamó angustiado entre sollozos—. ¡Te lo juro!
—¡Lucía!
El nombre rebotó en su memoria. Abrió los ojos y miró hacia un lado. Después volvió a cerrar los párpados.
—Yo qué sé… Esa fulana… —berreaba. Había tocado fondo. Rojo pensó que nadie, en toda su carrera, se había atrevido a ajustarle las tuercas. Pero la justicia había llegado—. Se largó… Yo no tenía nada que ver con ella… Ni siquiera le puse la mano encima… Era Arpones quien la mantenía… Se había encaprichado con ella… y un día se largó, y nadie la volvió a ver… Te lo juro… es todo lo que

sé.

Estaba diciendo la verdad, Rojo no necesitaba más. Sin embargo, no le gustó que fuera así. Esperaba otra cosa, un final feliz, una historia que contarle a Elsa. Fin de la aventura. Sólo les quedaba decidir qué hacer con el compañero, aunque él ya lo había hecho.

—Menuda telenovela, macho… —murmuró Gutiérrez—. ¿Lo puedo matar ya?

—No —respondió Rojo. Los ojos de Pomares se volvieron a abrir—. Sería injusto, ¿no crees?

Pomares afirmaba agitando la cabeza.

—¿Qué diablos, Rojo?

—Sería injusto terminar con él, de un modo tan vulgar… —prosiguió con voz relajada—, poseyendo todas las pruebas que guardamos, sabiendo todo lo que sabemos. Sería injusto volver al trabajo, a patrullar en busca de pandilleros… ¿No crees? Se me ocurre algo mejor.

—Pues larga, que no tenemos todo el día.

—A partir de ahora… —dijo señalando a Pomares. El rubio estaba pálido. El halo esperanzador había desaparecido de su rostro—, harás lo que te digamos… Para empezar, nadie sabrá de esto. Nosotros no estuvimos aquí, tú tampoco… Si abres la boca, sacaremos a la luz todo lo que encontremos, que no será poco. Sólo por eso, te puedes pasar el resto de tu vida en la cárcel… sin contar el intento de asesinato… Si además eres policía y abusas de niños, la pesadilla se lleva peor. Por supuesto, tu familia te dejará, tu mujer te pedirá el divorcio y no volverás a ver a tus hijos… Cuando salgas, si es que sales, estarás en la ruina… Por tanto, no queremos más órdenes, ni insultos, ni tratos despectivos… ni a nosotros, ni a nadie… Elegiremos los casos a nuestro gusto, delegarás tus responsabilidades en nosotros y te comerás toda la mierda que no queramos… ¿Algo que añadir, Gutiérrez?

—No tendrás días libres.

—Sois unos desgraciados… —dijo por lo bajo—. Algún día…

—Tu gloria termina aquí —contestó Rojo—. Trabajarás para nosotros el resto de tus días. Observa tu sombra, porque siempre estaremos vigilándote… A partir de ahora, nuestra casa, nuestra oficina, nuestras normas.

Gutiérrez forzaba a Pomares para que cargara con el fiambre. Debían encontrar un lugar donde enterrarlo. Rojo los dejó allí e inspeccionó el resto de las habitaciones. En un primer vistazo, todo parecía normal. Caminó hasta uno de los dormitorios y encontró una oficina con un escritorio de madera, una silla giratoria y un sofá de piel desgastado. Junto a la mesa, un pie para sujetar las cámaras. Supuso que era el lugar donde Arpones negociaba con las chicas. Después caminó hasta otro cuarto y encontró una sala con una estantería, dos reproductores de vídeo y dos monitores de televisión. El cuarto era estrecho, blanco y no tenía decoración alguna. Encendió la luz y abrió los cajones. Allí se encontraban las grabaciones caseras, ordenadas por fecha y nombre. Había decenas y no sólo de chicas, sino también etiquetadas con nombres masculinos. En algunas aparecía el nombre de Pomares. Rojo prefirió no comprobar el contenido. Pensar en el inspector ya le producía ardor. Contemplar esas imágenes, podría traumatizarle de por vida. Esos degenerados estaban abiertos a las fantasías más macabras. Inspeccionó exhaustivamente con intenciones de encontrar a Lucía y dio con una colección de cintas caseras con funda roja.
—Qué extraño… —dijo sorprendido. No entendía la razón del color. Miró las fechas y buscó entre las más recientes, hasta que dio con ella—. Aquí estás.
Encendió el aparato de televisión e introdujo la grabación. Rebobinó la película hasta el principio, agarró el mando a distancia y pulsó el botón de reproducción. Era ella, sentada en el sofá que había visto minutos antes. Un primer plano enfocaba a su rostro. Después, un plano americano mostraba su silueta. Lucía parecía risueña, lista y coqueta. Contestaba a las preguntas que le hacía el sindicalista, que se encontraba detrás de la cámara. Rojo se apenó por ella, víctima de la ignorancia juvenil. Por lo

general, era consciente de que las mujeres maduraban antes que los hombres. Las más espabiladas, sabían aprovecharse de ello. Lucía era una de ellas, hambrienta por la necesidad de tener una vida mejor e ingenua al creer que en todos los mares se podía nadar. Continuó el visionado durante unos minutos. La expresión facial de la joven empezó a arrugarse. Ya no se sentía cómoda, el juego había terminado. Rojo detuvo la cinta y la guardó en la caja. No necesitaba ver el resto para saber cómo terminaba. Tenía lo que había buscado durante todo ese tiempo. Era suficiente. Al dejar la cinta, encontró el nombre de Estefanía, la joven de la playa, pero esa no era su historia y dedujo un contenido parecido en su interior. Dispuesto a marcharse, devolvió la película a su caja cuando una cinta de color negro llamó su atención. El título no le decía nada, o quizá sí y por eso se detuvo un instante. Catorce de enero de 1990, el mes de su traslado, el día en el que ETA atentaba en Cartagena. Qué casualidad, pensó. En un acto inconsciente y cargado de curiosidad, sacó la cinta de su envoltorio y la introdujo en el reproductor. Se preguntó qué harían allí, en una fecha tan significativa. Echó la película hacia el principio y esperó. Entonces, sintió un fuerte golpe en el pecho, como el de un puño cerrado. La muchacha que aparecía en la pantalla le resultaba familiar. Estaba más joven, llevaba un vestido negro que le llegaba casi a las rodillas y tenía un peinado diferente, pero eso no la hacía irreconocible.

—¿Cómo te llamas? —Preguntaba Arpones con su voz de ultratumba.

Sonrojada, miraba hacia el objetivo y se tapaba nerviosa las piernas, intimidada por el interlocutor.

—Elsa.

—¿Has trabajado alguna vez como modelo?

—No… —dijo y sonrió como una niña ingenua—. No, profesionalmente…

El corazón de Rojo tembló como un martillo hidráulico. El testimonio que le había narrado no era de Lucía. Elsa había sido víctima de ese hombre. Un arranque de furia le hizo perder el control. La entrevista continuaba, pero él no lograba escuchar nada. Ansioso, sintió que necesitaba salir al exterior. Tenía sentimientos cruzados. No sabía muy bien qué pasaba en su interior. Buscó el mando, detuvo la grabación y lanzó el casete contra la pared.

Pobre Elsa, pensó.

Pobre de ti.

Si lo hubiera sabido antes, si hubiera estado allí antes de cruzar ese salón.

Pero era demasiado tarde.

—Rojo, tenemos que irnos —dijo Gutiérrez en el marco de la puerta con el bigote torcido—. Pronto amanecerá.

23

Recogieron la documentación que necesitaban, limpiaron el destrozo y dejaron la escena del crimen como si una banda de criminales hubiese pasado por allí. Pomares se encargaría del resto. Una semana más tarde, se denunciaría la desaparición de Mariano Arpones, para dejar el caso abierto de por vida. La pareja de inspectores confiscaron todo el material grabado, documentación falsa sobre la financiación de los sindicatos y varias bolsas de deporte con un total de tres millones de pesetas en billetes. Gutiérrez y Rojo acordaron usar la documentación para denunciar a los implicados, detenerlos y cerrar el caso. El dinero, cada uno lo gastaría a su gusto. Condujeron a toda velocidad hasta la costa con el cadáver, envuelto en plástico, en el interior del maletero y Pomares en el asiento de atrás, junto a Gutiérrez. La idea había sido de Gutiérrez, que parecía saber cómo terminar el trabajo sucio. Llegaron al desfiladero, a la altura de Portman, cuando el sol todavía seguía dormido. Ataron varios bloques de cemento al cuerpo y lo dejaron caer al vacío. El cuerpo se sumergió y una balsa de espuma apareció en el agua. Después, las olas que rompían la hicieron desaparecer.

—¿Estás seguro de que no flotará? —Preguntó Rojo mirando al mar desde lo alto.

—Confía en mí —dijo Gutiérrez, que parecía haber perdido las ganas de hablar tras los disparos. Antes de marcharse, metió la mano en el interior de su chaqueta y sacó el paquete de Fortuna que Rojo había arrugado y abandonado en su coche horas antes. Eran los dos últimos cigarrillos. El inspector sacó uno con sus gruesos y sucios dedos y le ofreció el restante a su compañero.

Rojo dudó antes de cogerlo. Contempló ese momento como una epifanía de su amistad, un momento revelador que lo marcaría para siempre, un pacto de sangre que los uniría de por vida. Entendió sus intenciones. Gutiérrez no era estúpido. Aceptó el filtro, se apoyaron en el morro del Citroën y miraron hacia la oscura infinidad del Mediterráneo.

—Había dejado el tabaco —dijo Rojo dando una calada al filtro.

Gutiérrez fumó y tiró el humo. Como él, sabía que ese último cigarro se quedaría marcado para siempre, como una cicatriz grabada en el recuerdo.

—Yo también.

Se escuchó una ligera risa profunda al unísono.

Rojo giró el rostro y vio a Pomares, hastiado y somnoliento. Había aceptado su destino.

—Vamos a estar entretenidos una temporada.

Gutiérrez suspiró de nuevo.

—Pedirá el traslado antes de final de año.

Dieron la última calada y se despidieron de la nicotina por una larga temporada. Subieron al coche, encendió el motor, introdujo el casete de la radio y Roy Orbison empezó a cantar *No One Will Ever Know* por los altavoces laterales y traseros. Rojo miró por el espejo retrovisor y observó el semblante serio de los otros dos policías, que no parecían inmutarse por las notas musicales. Giró la rueda del volumen, se colocó las gafas de sol de aviador y pisó el acelerador dejando una polvareda tras el guardabarros. Los astros se alineaban, la melodiosa voz del americano ponía banda sonora a una mañana que despertaba entre los colores áridos de la tierra, los tonos marrones y amarillentos de las montañas y el azul rojizo del cielo. Un momento surrealista que no olvidaría jamás.

Los días posteriores, ninguno de los tres comentó algo sobre lo sucedido en Alumbres. Pomares seguía siendo el mismo cretino con el resto de oficiales, aunque su actitud frente a Rojo y Gutiérrez había cambiado por completo. Vientos de prosperidad y futuro soplaban por las ventanas de la oficina, puras y limpias por la ausencia de cigarrillos y malos olores. Por su parte, no encontraba el momento de reunirse con Elsa para contarle lo que había visto. Tarde o temprano, tendría que darle una explicación, aunque le preocupaba su reacción. Elsa le había ocultado algo desde el principio. Rojo entendía que estaba en su derecho de hacerlo, así como él eludiría algunas partes de su versión de los hechos. Sin embargo, después de todo, le molestó que no hubiese confiado en él. Un dato tan simple, le hubiera ahorrado muchos problemas, o lo que era peor, le hubiese llevado a estrangular a Arpones con sus propias manos.

Mientras todo regresaba a una normalidad atípica, la ciudad se recomponía lentamente de los destrozos públicos que habían surgido a raíz de la manifestación. Los expedientes abiertos a Rojo y Gutiérrez, por lo sucedido en el bar, quedaban borrados por arte de magia. Una mano invisible se deshizo de ellos sin dejar rastro. A cambio, recibirían una medalla al servicio. Por supuesto, Pomares también se había encargado de informar que Arpones no daría la cara. Ni en ese momento, ni en un futuro remoto. Con él, todos desaparecieron, desde los abogados hasta los que frecuentaban el bar de Félix. Las gaviotas no tardaron en emigrar cuando las noticias reemplazaron los titulares. La red de pornografía manchaba el historial de muchos nombres conocidos.

Finalmente, tras tres días de insistencia, se citó con Elsa en una cafetería de la plaza de España. Estaba preocupada por saber qué había sucedido con Lucía. Él no quiso entrar en detalles y contarle por teléfono que no la había encontrado. Lucía había pasado a un segundo plano. El motivo de su reunión era ella.

Llegó al lugar y pidió un café solo. Eligió el sitio y agarró la prensa. Iba vestido como siempre: chaqueta de cuero, camiseta negra y unos vaqueros. Estaba intranquilo, agobiado, como si se sintiera mal antes de hacerlo.

Minutos después, sentado en una mesa junto al cristal, observó a la mujer a lo lejos. Las glándulas de las manos comenzaron a sudar. Elsa entró con una sonrisa fingida en el rostro. Iba vestida de forma casual, con falda, medias y blusa. Pensó en la chica del vídeo. Se preguntó cómo lo había olvidado tan rápido. Si fingiría o si jamás hubo recuperado de nuevo su vida anterior. Pero esas cosas no se olvidaban. Las experiencias marcaban el futuro de las personas, y las malas, a fuego y con dolor, dejando marcas imborrables en el corazón. Pensó en ella como no lo había hecho antes, triste, compasivo. Tan sólo habían pasado dos años.

—El oficial de moda —dijo ella al sentarse en la mesa. Se dieron un beso en la mejilla y exageró su reacción de alegría—. Qué bien hueles… ¿Qué ha pasado con el inspector?

—He dejado de fumar —contestó él con una mueca.

—Me alegra que lo hayas hecho —dijo ella—. Bueno, ahora eres famoso.

—Hasta que se inventen algo nuevo —respondió—. Elsa, tengo que contarte algo.

—Es sobre Lucía… —intervino con el gesto preocupado—. ¿Verdad?

—Entre otras cosas —dijo él. La mujer se echó las manos a la boca—. Espera, no exageres.

—¿Está muerta?

—No.

—¿No? —Preguntó. Aquello sí que no lo esperaba—. Entonces… ¿Dónde está?

—No está, Elsa —contestó—. Simplemente, no estaba allí,

se largó.
—¿Allí? —Repitió—. Te refieres a la casa.
—Sí, a la casa —dijo él mirándola a los ojos. Por un momento, pudo leer en su mirada lo que pensaba. Ambos sabían la verdad. Ella pestañeó—. Sé lo que pasó.
—No, no, entiendo nada… —murmulló nerviosa—. ¿Cómo es que no la encontrasteis? ¿Buscasteis bien?
—Elsa… —dijo Rojo y tocó sus manos—. Lucía se fue por voluntad propia, no quería volver.
—Eso es imposible.
—Elsa, ¿por qué no me lo contaste?
—Tiene que haberse perdido —continuaba poseída evitando las preguntas—. Quizá esté en algún pueblo cercano.
—Sabías que era Arpones —respondió Rojo—. Sabías dónde estaba la casa. Estuviste allí hace dos años.
De repente, la mujer se quedó sin habla.
—Lo sé todo… —explicó el policía—. Vi los vídeos.
—Yo… —dijo aguantando la emoción y arrugando el rostro—. Jamás quise mentirte, lo siento…
—No tienes por qué, de verdad —dijo él—. Tu secreto está a salvo, Elsa.
—Rojo… —susurró ella pero fue incapaz de terminar la frase sin llenarse los ojos de lágrimas. La mujer se dejó caer sobre el pecho del policía y él la acogió entre sus brazos—. Lo siento…
Tan pronto como mencionó las palabras, encontró a una mujer frágil y entregada. Conocía su secreto y eso le convertía en poseedor de su alma. Eso le partió en dos. Fácil de convencer, pronto olvidó cómo le había utilizado. No le gustó pensar en ella de esa forma. Pensativo, suspiró, olió el perfume de su cabello y la abrazó con más fuerza. No era su culpa, ella no había hecho nada malo. Ni ella, ninguna de las chicas que por allí pasaron. Sólo buscaban un final feliz, un futuro mejor, una oportunidad por la que sentirse orgullosas. Lamentablemente, nadie les dijo que, en la vida, los atajos no existen.

24

Una mañana perfecta, soleada y con la puntería afinada. Había encajado las tres balas en el pecho de la diana. Sin motivo alguno, ese día había optado por practicar tiro. Desde que el horario en la oficina se volviera más flexible, gracias al servilismo de Pomares, disponía del tiempo necesario para recrearse y recuperar viejos hábitos. Uno de ellos era el tiro. Cuando fue a cambiar el cartucho, avistó la presencia de Gutiérrez. Se saludaron con un gesto y el inspector bigotudo se puso los cascos. Pulsó el botón y empezó a disparar. Estaba pletórico, concentrado. A Rojo le llamó la atención su nueva actitud. Con el dinero, se había comprado algo de ropa. Se alegraba de ver que no era el único que había tomado nuevas decisiones en su vida.

Cuando terminaron la sesión, caminaron juntos hasta un bar del centro de la ciudad. No habían vuelto a hablar desde la noche trágica de Arpones y Pomares. Rojo sentía la tensión, pero sabía que podía confiar en Gutiérrez. En cierto modo, se necesitaban el uno al otro.

Pidieron dos cafés y miraron a un grupo de fumadores que había a escasos metros de ellos.

—Tienes mejor aspecto —dijo Rojo—. ¿Duermes mejor?

—Gracias —contestó abriendo la bolsita de azúcar—. He dejado de ir a los bares por la noche. No eres el único que cambia aquí.

—Vaya, toda una sorpresa… —comentó sorprendido—. Ahora me dirás que te has puesto a dieta.

Gutiérrez levantó la mano.

—No tan rápido, *majete* —contestó y sonrió—. ¿Sabes? Creo que… todo esto… nos ha venido bien.

—Puede ser, Gutiérrez.

—Sí —asintió—. Me ha ayudado a pensar, en mí, en la vida… en mi hija. Después de lo que sucedió, de ver a esas chicas, de saber qué hacían… No pude dejar de pensar en ella.

—Te has vuelto un sentimental.

—Vete al cuerno, Rojo —rechistó frunciendo el ceño—. Sigo siendo el mismo. Estoy hablando en serio, hombre… Somos amigos, ¿no?

Y tras esa pregunta, Rojo entendió que su amistad quedaba sellada para siempre, en el amor y en la fraternidad.

—Sólo bromeaba… No te pongas así.

—El caso es… —explicó dubitativo—. La llamé por teléfono nada más llegar a casa… Al principio, ella me preguntó si estaba borracho, parecía a la defensiva… Me di cuenta de lo mal padre que he sido todo este tiempo, comportándome como si me importara un carajo…

—Pero no era así.

—Pues claro que no, cojones —replicó enfadado consigo mismo—. Soy un hombre, con sus imperfecciones, como todos…

—Es tu hija —dijo Rojo con ánimos—. Estoy seguro de que te dará otra oportunidad.

—Ya lo ha hecho —contestó levantando la mirada—. Una y no más, Santo Tomás.

—Pues aplícate el cuento e invítate a algo… —respondió gracioso. Observó a la persona que tenía delante, un hombre incomprendido, preocupado por su existencia y por la opinión que su hija tuviera de él. Un hombre, al fin y al cabo. Recordó las mismas palabras que él había mencionado antes y todo aquello relacionado con correr y huir. Las personas cambiaban, como lo hacían las estaciones del tiempo y las tendencias culturales. Doscientos kilos de pólvora no saciaban a un hombre

intranquilo por volver a ver a su hija—. Todo irá bien, ya lo verás.
—Tú siempre dices lo mismo.
—Y nunca me equivoco.
—En eso te tengo que dar la razón… —dijo, rio y dio un sorbo al café—. Y tú qué… ¿Has hablado con ella?
—¿Con Elsa? —Preguntó el oficial sorprendido—. Sí, claro…
—Y…
—Nada —respondió—. Le dije que había visto los vídeos, ya sabes…
Gutiérrez dio un golpe en la mesa. Los clientes giraron el rostro.
—¡Déjate de milongas, Rojo! —Exclamó acusándole con el dedo—. Llama a esa mujer, ahora mismo… Si de verdad te gusta, aprende a poner la mierda que os rodea a un lado y a vivir con lo que hay… Llámala, olvídate de todo, llámala y llévala mañana a un restaurante bueno.
—Pero…
Gutiérrez sacó una moneda circular de veinticinco pesetas de su bolsillo. La sujetó con los dos dedos y miró por el agujero.
—Llámala —respondió señalando a un teléfono cabina que había al final de la barra.
El inspector Rojo cogió la moneda y pensó en Elsa. Puede que tuviera razón. Dejar de huir, de correr como un galgo. Aprender a vivir con el presente, aunque la bola de la ruleta no se volviera a mover. Después caminó hasta el teléfono, introdujo la moneda y marcó su número.

25

Como había predicho Gutiérrez, la mujer no esperó a que Rojo terminara de invitarla para aceptar su propuesta. La vida le sonreía al oficial. Su padre siempre le repetía que la vida era como conducir por un carretera desconocida durante una noche cerrada. Si sabías a dónde ibas, sólo tenías que conducir despacio, poner atención al frente y no dormirte. Poco a poco, después de dos años, Rojo encontró sentido al camino que le había llevado a Cartagena. Como con todo, la nube tóxica, apelmazada en el aire por los días fríos, desapareció dando lugar a una primavera hermosa y calurosa. Las cosas en la comisaría funcionaban sobre ruedas: Pomares seguía el plan dictado, Gutiérrez había recuperado el contacto con su hija y Rojo mantenía una sana relación sentimental con Elsa. Estaba enamorado de ella, lo había sentido desde el primer momento, aunque fuera incapaz de declararse a sus ojos.
Los meses pasaron, la rutina en el trabajo dio lugar al tiempo libre, a las escapadas durante los fines de semana y a los veranos en La Manga del Mar Menor. El inspector era feliz. Nunca más volvió a hablar de lo sucedido con Gutiérrez y, pese a que le resultó complicado, tampoco con Elsa. El perdón era la mejor herramienta. Los vídeos, el sindicato y aquel suceso propio de una película de terror quedaría para la crónica negra.
—No salgas a la calle con esa chaqueta —dijo Elsa con una toalla en el pelo al salir de la ducha. Rojo siempre

pensaba que su belleza aumentaba cuando no llevaba maquillaje—. Te vas a asar como un pollo.

Era su chaqueta de cuero, su objeto personal. Estudió las palabras de su novia y entró en razón. Las temperaturas alcanzaban los veintidós grados. Dispuesto a quitársela, encontró algo en uno de los bolsillos interiores. Un viejo recuerdo: la foto instantánea de aquella chica, Lucía. Nadie supo de ella. Guardó la foto en el bolsillo de sus vaqueros y se despidió con un beso de su amada.

Una hora más tarde, Gutiérrez y Rojo condujeron hasta Cabo de Palos, un famoso pueblo turístico de costa, conocido por sus playas y por su ubicación. La noticia había llegado unas horas antes. Un hombre había matado a dos personas en un restaurante y después se había suicidado pegándose un tiro con una escopeta. Eso era todo lo que sabían.

—Siempre nos toca lo mejorcito —dijo Gutiérrez ajustando el dial de la radio—. No me quiero pensar qué estará haciendo el gandul de Pomares…

—Será rápido, ya sabes cómo van estas cosas —comentó Rojo—. Estaremos de vuelta para la cena.

—Tampoco tenía nada mejor que hacer… —contestó el compañero y se recostó en el asiento del vehículo. Calles estrechas plagadas de parches de asfalto, parcelas desconchadas, pintadas de blanco, viviendas de dos plantas con fachadas de color crema y palmeras secas en la calle. Así era el paisaje de la escena del crimen, que dejaba al frente la inmensidad del mar y una bonita hilera de coches aparcados en fila.

—Es aquí —dijo Rojo y detuvo el coche patrulla a un lado de la carretera. Abandonaron el vehículo y caminaron hasta la vivienda donde el autor del crimen se había quitado la vida. En la entrada había una familia rota, llena de pena y dolor. Rojo se identificó y pasó el cordón policial—. Gutiérrez, será mejor que entres tú… Yo hablaré con la familia.

Suspiró con fuerza y volvió a mirar al mar. Le daba paz y la

fuerza suficiente para interrogar a los testigos. De pronto, en la distancia, encontró a una chica embarazada de estatura media con el pelo largo y oscuro. La chica iba acompañada de otro joven de su edad, un poco más alto que ella, que acariciaba su vientre. Caminaban juntos por la orilla de la playa, agarrados de la mano. Por un instante, pensó en Elsa y en él, juntos, allí, ajenos a todo. Después, los recuerdos tomaron otros derroteros y algo le llamó la atención. Sacó la foto arrugada y casi descolorida de su pantalón y comprobó la imagen de nuevo. Era ella, no podía creerlo, Lucía. Se adentró en la arena y recortó unos metros para asegurarse. De repente, la chica se giró extrañada y tiró del brazo del chico.
—¿Todo bien? —Preguntó en voz alta el policía y enseñó la placa. La pareja asintió con la cabeza y caminó en dirección contraria. Rojo miró a la chica, que se comunicó con la mirada, y le regaló una última mirada de complicidad. Vuela, mientras puedas, chica…, se dijo a sí mismo. La había encontrado y estaba viva, más viva que nunca. Una fuerza interior creció en él y deseó con todas sus fuerzas correr hasta ella y decirle que habían terminado con ese desgraciado de Arpones y toda su red, pero no lo hizo, no tenía derecho a hacerlo, porque eso era lo que él pensaba, lo que él deseaba y nadie se lo había pedido. Contemplando la imagen, se dio cuenta de que Lucía parecía felizmente acompañada de ese joven, después de todo, y estaba a punto de ser madre… ¿De quién? No era asunto suyo. Al parecer, había encontrado a alguien que la cuidara. Como Rojo, la joven había seguido su camino bajo la oscuridad. Jamás sabría si Lucía se había ido por su propio pie, si realmente conocía a Elsa y por qué Elsa le había elegido a él para vengarse de Arpones. La historia le quedaba tan lejos, que prefirió dejar que se esfumara como las olas que rompían en la orilla.
La gente no busca el amor, sino alguien a quien amar, se repitió al ver cómo se perdían.
—¡Rojo! —Gritó Gutiérrez a sus espaldas—. ¡Necesito tu

ayuda!
La pareja se convirtió en un grano de arroz para su vista, a lo lejos de la playa. Se prometió que le guardaría el secreto. Rojo se puso las gafas de sol y dio media vuelta. Para él, el mundo estaba repartido entre buenos y malos, y él prefería estar de parte de los buenos.

SOBRE EL AUTOR

Pablo Poveda (España, 1989) es escritor, profesor y periodista. Cree en la cultura sin ataduras y en la simplicidad de las cosas.

Ha escrito otras obras como:

Saga Gabriel Caballero
Caballero
La Isla del Silencio
La Maldición del Cangrejo
La Noche del Fuego
Los Crímenes del Misteri

Rojo

Trilogía El Profesor
El Profesor
El Aprendiz
El Maestro

Otros:
Motel Malibu
Sangre de Pepperoni
La Chica de las canciones
Generación Perdida (boxset de novelas)

Saga Don:
Don
Miedo

Contacto: elescritorfant@gmx.com
Elescritorfantasma.com

Si te ha gustado este libro, te agradecería que dejaras un comentario donde lo compraste.

Printed in Great Britain
by Amazon

16486378R00109